江耀进

著

江耀进 2020—2022 诗选

在人间 总比 天上好

作家出版社

江耀进

1964年8月生于安徽省芜湖市。中国电视艺术家协会会员、中国诗歌学会会员、安徽省作家协会会员。

现为国家广电总局《中国广播影视》杂志社总经理,"广电独家"主编,中国电视艺术家协会融媒体委员会副主任、北京写作学会副会长、北京演讲与口才学会副会长。在多所高校担任客座教授、兼职研究员。

1980年代开始文学创作。曾在《人民日报》《诗刊》《诗歌报》《诗歌月刊》《诗林》《扬子江诗刊》《四川文学》《安徽文学》《天津文学》《边疆文学》等刊物发表数百首诗歌作品,并被选入多本诗选。著有长篇小说《城市面具》。创作的长诗《我真的不想这样放假》由著名主播方亮朗诵的,曾在全国百余家电台播出,引起强烈反响。

另发表文艺评论、随笔杂文多篇。

坚定地与人间生活站在一边 I

山河岁月

虚构的雪山 003
草原的回忆 005
江南的呢喃 007
品茶时的想象 009
长眠守林人 010
你想对祖国的山河说点什么 011
与一条河沟通 013
在大峡谷中叫喊一回 015
提供真相 018
七月七日：大水 019
保管好人类的家园（朗诵诗）......021
春天来了（朗诵诗）......024

生命瞬间

那些拥挤的形容词 029

我想跟朋友谈人生 031

轻轻地放下 032

开裂的歌唱 033

简化和复杂 034

无人看守的数码集中营 035

如何分配白天和黑夜 036

理发和动词 037

足够而简单的一生 038

弈棋 039

错误的季节 041

删除 042

静与动 043

句子的歧义 044

身体的圣殿 046

在人间总比天上好 047

幻听 048

天问 049

一米，或者不到一米 050

怀旧的胃 052

有些人和一种人 054

量化爱情 056

亲爱的 057

不止一次 058

孤独的人并不可耻 059

劳作的人 061

沉下来 063

无声的挽歌 064

翻阅 065

靴子，如果落下 066

我认识你的悲伤 067

弥补 069

立夏后的第四天 070

把一百人分成三等分 072

闪光的骨头 073

毒地板 074

揪住不放 075

面目全非 076

抄袭 077

沉默是不是一种罪行 078

思想不需要考试 079

保证书 080

年轮 082

请到我这儿来，坐坐 083

为什么不说话 084

愧对五一 085

立夏这一天 086

尽头 087

备胎 088

2＋2＝5 吗 089

锤子和爱 090
追思戴着破草帽的人 092
坏天气 093
想念 094
打滑 095
修改 096
命名 098
一个叫K的人喊叫 100
倾听 101
在山上看山下 102
写给世界诗歌日 103
安静之诗 105
悖论 106
诗歌作法 108
诗人之痒 109
短句 111
自白 113
入场与退场券 115

尘世片断

问诊 119
修复还是猜谜？......120
考古 121
不合时宜 122

白发人的回忆 123

改变一下方向 124

张三的生活充满疑问 125

过日子 126

两种含义 127

光滑与粗糙 128

老头子 129

苦恼人的笑 130

那些饱和的、带有侵略性的光 131

等了一辈子 132

赠Z友人 133

不能遗忘 134

猫,为何无所事事 135

仿诗人臧克家《有的人》......136

装 137

幸福是一枚蛋 138

78%的爱 139

烫手的粮食 140

有一只乌鸦许诺我 141

钉子精神 142

世界的脸 143

纠缠 144

互咬 145

他者的耳朵 146

欲望 147

清淡的除夕 148

如何踩死一群蚂蚁 149

原谅自己 150

鸡和鸭的二重奏 151

秋月就是秋月 152

儿时的标本 153

温柔的窒息 154

谈论 155

时光的颜色 156

下沉的视线 157

关系 158

坐在剧院里看戏 159

不想弄脏你的手 160

阴阳两界 161

七个大调：说和不说 162

思想的泥巴 163

有机玻璃门和脑袋 164

纪念 165

年轻过 166

段落 167

种树和斧头 168

桂冠 169

反讽 170

叫你的名字 171

葡萄、内心与爱 172

合唱 173

风雨 174

满足但不满意 175
真假 176
无语 177
一路小跑 178
帝王 179
孤眠 180
转换 181
分界 182
删 183
颠倒 184
白，意味着什么 185
审判 186
误读 187
等 188
独处 189
解析活法 190

城市镜像

不想告诉你 193
阅读车次 194
五口之家 195
或停，或穿越 197
星期五的路口 198
帮我拿定主意 199

什么东西能抓住我 201

上班的人看都不看一眼 203

地铁一瞬间 204

开心时刻 205

修理铺去哪了 207

砌墙和联想 209

装潢和出走 211

送外卖的年轻人在闯关 213

关于高档小区的垃圾问题 216

满大街怎么都穿着破衣服 218

二月意象 220

上下班 221

城市地摊 223

太光滑的瓷砖 225

周末，众口难调 226

灰头土脸的人 227

如此朋友 229

画家和小院 230

回不去的故乡 232

抽泣的音乐 233

星期一 234

十八天以后 235

关门大吉 237

临摹 239

现在什么都不知道 241

城市零余人 243

向下看......245

大栅栏的读法......246

重阳......249

今天，北京有九至十级大风......250

城市的三种角度......251

日常观照

从乡村来的歌手......255

如果手指出现问题......257

在家里还好吗......258

情况就是这样......259

前生今世......261

数学的味道......263

父亲节随感......265

在台上做加法......266

清风明月......268

旧病复发......269

抱怨......270

那些消逝的温柔的忧伤......272

我想读到上帝的句子......273

唯一的夜晚......274

牌局......275

大家一致认为......276

在端午吃了两个粽子......278

十二月的早晨 279

地球为何暖洋洋 280

不许动 282

配眼镜 283

怀念大个子朋友 285

寂寞的女人 287

辞典垫在猫屁股下 289

老了的感觉 290

根部 291

过诚实的生活 292

手机丢了 293

有关春天的表述 294

胃口 295

停下来想想 296

怕黑 297

天气预报 298

雪的心情 299

假日写真 300

为了挥一挥手 301

就在昨天 302

群众说 304

婚姻生活素描 305

安眠 308

在苹果园里 310

飞不出去 311

七种状态 312

锅 314
锁定 315
怎么记不住他的名字 316
与陌生面孔和解 317
晚秋之歌 318
面对老琴 319
我住在北京这个地方 320

感恩亲人

父亲祭 325
酒和曲子 330
母亲 332
最亲的两个人 334
在北京西南角烧纸 336
舅舅和姨妈 337
写给女儿的生日（朗诵诗）......339

后记 341

坚定地与人间生活站在一边
——序江耀进的诗选

梁鸿鹰

江耀进是《中国作家》杂志编辑部主任俞胜的老乡、好友。想来,那是去年的事情了。元旦期间,俞胜请几位同道小聚,说有我和耀进等,彼时正值我也爱诌几句诗的时候,聚会时,耀进说他二十多年没写诗,近两年恢复写了一些。虽然我俩初次相见,但却颇有几分引为同类的感觉,席间相谈甚欢。

第二天,我便上网"百度"了一下耀进的诗,用两三分钟翻了几页,突然,几句诗一下子跳入我的双眼:"回到故乡,甚至来不及/卸下笨重的拉杆箱/你就跑进那个阴冷的房间/墙上悬挂着两张并列的头像/不是彩照,黑白带框/他们正向你微笑"。第二人称,故乡,亲人!没想到,这哥们儿的诗原来这样有细节、有情义、有力度,于是我大感兴趣。接着,我便再往下读:"多好的一对/是呀,多么好的亲人/可这一切却让你痛/想哭又哭不出/

曾经，两个大人／怎么如此暴躁，不由分说／摔碗，跺脚，扭胳膊／为了多煮一个鸡蛋，相互责骂／你站在一旁，不知所措／不知所措啊，那时你还小"（《最亲的两个人》）。

请原谅我在这儿大段引用，同时，也要毫不犹豫地请你们原谅我那过于敏感的神经，我是有些先入为主之嫌，也许还没有考虑到这还会干扰你的冷静判断，违拗了你我他对那种故意不接人间烟火气诗歌的虚妄期待。这首诗让我暗自吃了一惊：这位我只有一面之缘的人，在文学问题上恰恰能够被引为同类！我对自己的这种认定颇感意外，但随着后来对他诗作的深入阅读，引为同类的感觉，不断得以强化。

在我看来，诗就是一种异数。不协调，不纯粹，不安静，不"配合"，恰恰可能是好诗的一种天然素质。如果诗歌都妥帖了、温顺了，都说人人都说的话了，比如赞美月亮、否定灰尘，那也就没有诗的光彩了。我特别喜欢耀进一些诗里的拧巴劲儿，那种卓尔不群、不管不顾的情感张扬，那种不妥协的四处碰撞的声响，还有那种不由分说的对家常的融入，对烟火气的维护，以及对市井气的迷恋。我屡屡被他诗里的"杂质"所"砸"中，就是因为看重他的"拧巴"。我发现，有时他所化为诗的东西，与不少人看重的诗的质地完全相异。他写得很跳脱，很挑剔，很疼痛，但有时候也反向而行，差不多就要让人刻骨铭心时，忽然又融进一些不经意的，甚至微不足道的情感。比如，关于亲情、关于家乡，关于衰老、关于时光，总之，关于那些容易确立诗人自己与他人的认同，与素不相识人们的那些情景、情绪和情感形成的共鸣、共谋，被他迅速捕捉到诗里，而且，还常挑选一些最容易被人忽略的东西入诗，着实让人眼前一亮。比如，"为了多煮一个鸡蛋，相互责骂"。这是诗吗？没错，是诗，在生活的艰难处觅得的诗句。还有，"真实的东西开始暴露／一张薄薄烫金的信用卡平躺着／睡了多年，不动感情"（《阅读车次》）。这显然是发现生活破绽之处的好诗句。看上去这个世界上"生产"了不少所谓的好诗，而且每年都还在继续"生产"着，诗人们努着劲想让读者感动，但人们总是更期待那些真正有力道、可以拔份儿的诗，从生活最饱满之处喷涌而出的诗。而耀进的诗，就有着这样的特质。

诗之存在，说到底是要以独特的品格，以一种不由分说的"硬核"姿态或气度，去强化自己对他人以及这个世界的联系和关切。而如何以一种独特性和异质性，系牢扣紧这纽带或联结之处，耀进有着自己的思考。在他看来，写诗的人，不能因为会诌几句，就拔着头发远离地球，无故高蹈，傲慢、傲世或傲娇，先忘记掉自己的过去，然后再一个劲儿地去做往自己脸上贴金的事，用自己虚幻的文化特权，美化自己的过去与现在，包装自己的当下与未来，将那些尴尬和上不了台面的东西统统抹掉，恨不得把自己挂到天上，供人仰望。耀进是个典型的怀旧现实主义者，他以文字咀嚼过去，将过去的苦难、尴尬、窘境拉到读者面前，在重新回味中，提醒人们不要忘记自己的过去——铭记卑微的历史，或许这会给予你前行的力量。比如，"当你还是孩子时，／姨妈起早贪黑捏着月票挤公交，／这是一家几十人的小厂，做计件。／她把皱巴巴的手帕摊开，省下的零钱：一角，五分，二分，一分／去吧，买一屉小笼汤包,趁热吃,长身体。/这时,天麻麻亮,冰凌结成了窗花,街角路灯暗淡,有人开始捡垃圾"(《舅舅和姨妈》)。在那个贫困、物质匮乏的年代里,这类现在看来匪夷所思的事情发生过多少啊,对于我们这些在上世纪六七十年代长身体长个头的人来说,谁没经历过贫困赐予的尴尬与痛楚,谁没有在无底洞一样的琐碎中吃过百家饭,作为青壮年的家长们曾经以多少捉襟见肘的卑微,才养活了一家老小,同时又得到过多少类似耀进笔下"舅舅"、"姨妈"的温暖、垂爱和扶持啊。这些场景,这些琐屑,这些枝枝节节,在他的诗歌创作中不曾放弃,恰好见证了人生冷暖。

里尔克曾在《马特尔手记》中说:"诗并非人们想象的那样,只是简单的感情(感情,我们已经拥有得足够多了);诗更多的是经验,未来写出一行诗,一个人必须观察很多城市,很多人和物;他必须理解各种走兽,理解鸟的飞翔,了解小花朵在清晨开放时所呈现的姿态。"耀进狠狠"砸"向我,让我击节的,还有《五口之家》《上班的人看都不看一眼》《送外卖的年轻人在闯关》等等。这些诗,将世上熙攘、人间苦乐、愁云惨雾、山高水流、叹息沉思,尽收眼底。诗人冷峻的目光,射向尘世的痛楚,心中的不平,意在让所有那些被人们视而不见的东西浮出水面,让那些永远上不了"台面"的人有堂而皇之存在的理由,并进入诗行。也许诗人的信念是:不体面的不见得就没价值,卑微的生活依然有世道人心,再渺小的人,也有体温、呼吸、骨肉,并触地、接天,乃至直抵人心,这才是一种彻底的诗学。耀进的诗从来就与凌空蹈虚、天马行空，与水中月、雾中花的诗风反其道而行之。他的诗总是现实的、当下的，属于百姓、大地和人间，保持着与底层最紧密的联结。这里面能够看出诗人对现实的深入观察、细致体悟。当然，耀进对现实洞察的敏锐、严苛及冷峻，其实有着鲜明的价值立场和坚守。诗言志，言为心声。他在价值观上的好恶，他对万物的倾向，他的所爱、所恨，都在诗里，不伪饰，不遮掩。他也愿意在诗里解剖自己："告诉你吧，有时我们真的不堪，/装模作样，精于算计，/见风使舵，欺上瞒下，/甚至还干过落井下石的勾当。/是的，我们的喉咙铺满过鲜花，也覆盖过烟尘和污垢。"（《写给女儿的生日》）"人生一世/能发出一次声响就够了/孤独的人不再可耻"，则让我们能够从中看出他由现实觉出的痛感和苦味，也能看出他的自我反思精神。

从耀进的诗行里，我们可以看到他对生活的敏锐，对他人的关怀。诗行里呈现的那种赤裸的痛感、多样的意外和残酷的真相，恰好说明他全身心拥抱着生活："他一辈子守护山林，嚼野板栗，喝白开水，啃干巴巴的窝窝头/他缴获过无数偷伐者雪亮的斧头和凶残的锯子/自己却被捅了几刀/一顶破帐篷就搭在林子里，他孤单一人/一睡就是半个世纪。现在/他真的睡了/就睡在荒山野岭里"（《长眠守林人》）。耀进的修辞和他的句子，不搭花架子，不卖萌撒娇，而是毫无保留地热忱服务于对大地苍生的歌吟："劳作的人总是设法堵住漏风的日子/伸出粗糙的大手，去覆盖/冬天最冰冷的部位/抡起拳头，把呼啸在窗棂的寒风砸扁/多花点时间，做有意义的事/别老想着感动舞台"（《劳作的人》）。那些普通人的粗粝与劳碌能够深深打动他，造就他不吐不快的诗风。

耀进坦诚直率，别看他每日身处繁华闹市，却从不艳羡浮华。他时时将目光投向劳动者，将底层挣扎者的劳作纳入笔端："过来吧，把砖抛上去，/一个粗壮的泥瓦匠/站在脚手架上，弯腰，左手接砖，/右手用雪亮的铲刀抹砖。/太阳半悬，麻雀叽喳。"(《砌墙和联想》)。写日常生活的《城市镜像》一辑里收诗37首，《日常观照》更是收诗50首，不少于其他专辑。我愿意将自己的赞赏献给诗人对出汗发力劳作者的一片深情，我愿为耀进对劳苦人的温情大叫一声好。你会发现，耀进心里装着整个世界而非某个人某些人。他惦记着风餐露宿者，而非无病呻吟者。他的诗境界阔大，目光深情，与凡间近得几乎没有距离——与万物心无芥蒂，与芸芸众生同呼吸，总是随时对话，永远声息相接："下雨了。转身，又站在岸边/我与一条河沟通/是的，我与这个世界曾有过太多的争论/太多的纠缠/站在河岸，以沉默/暂时放下一切问题"(《与一条河沟通》)。接近耳顺之年，耀进又是通透的、旷达的，愿将内心的省思、感伤、不甘，化为近乎日常的感受，比如《前生今世》："邻居们换了一茬又一茬/想想前生今世/如今，只剩下数目字的金属门牌号"。将万物纳于胸中，情感真挚深厚，信念从容坚定，很值得褒扬。

然而，这一切的获得，靠学养，靠情怀，也靠洞察力。英国维多利亚时代小说家乔治·艾略特在其长篇小说《米德尔马契》里谈道："要成为一个诗人，必须有一颗敏感的心灵，它可以随时洞察事物的幽微变化，而且迅速地感知一切，因为洞察力只是善于在感情的弦上弹出各种声调的一只训练有素的手。总之，在这颗心灵中，认识可以立即转化为感觉，感觉又可以像一种心的认识器一样爆发出反光。"江耀进作为一位敏感的诗人，特别能发现生活，并从中找到诗意的细节。他在高楼大厦间抽烟的时候，乘坐地铁的时候，看望"住在一个偏僻的地方"的老朋友的时候，不管什么时候，不管到哪里、在哪里，他都带着一双富于穿透力的眼睛，感觉始终打开，能够及时抵达、发现应该发现的一切，进而去分析、认识、评判自己所看到的，借助诗去触摸真相，穿透本质。

谨为序。

2023 年 3 月 2 日写于北京西坝河

（梁鸿鹰为著名文学评论家、作家，《文艺报》总编辑）

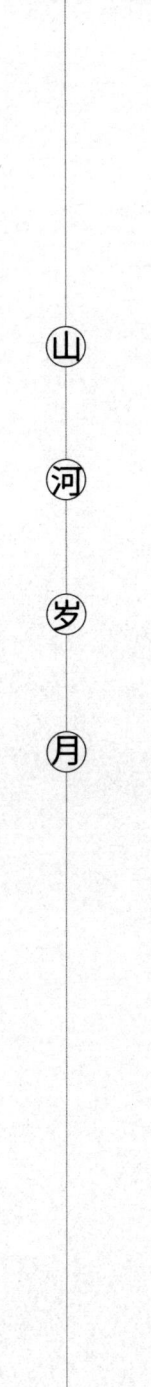

山河岁月

虚构的雪山

高原的头顶是蜿蜒起伏的雪山。你所能看见的
是一只羚羊在荒坡上寻找草叶
天边,一朵黑云压得很低,一片片黑云压得很低
杂树晃动,渐渐变黑……
今天,一只走失的羚羊,为什么
它在裸露残阳的石头中跳跃穿行

埋头走路的人,都是孤独的旅人
背负着用蓝布袋扎紧的滚圆干粮
抛家舍业,断绝俗念,你向着那被命名的雪山,虚
　　构的雪山
一步一跪下,一跪一叩头
粮食啊粮食,在粗粝的布袋里
为什么一根细麻绳就能勒出人间的一摊血,而

苍天在上。

身后,总是荒凉而冷漠的高原
大慈大悲的世界,你诅咒着
用一颗被清洗的心,赎罪的心

为什么此刻你飘浮在云端,猛地伸出大手
抓一把干粮,被风化被恩典的干粮,然后抛撒——

干渴,干渴。水,水,水……

草原的回忆

我松开鼠标中的草原,羊群蜂拥而至
白花花的……

我见过真实的草原,但那一次没看见羊
哪怕是一只生病的小羊羔。圆顶帐篷旁
有嫩嫩的水草。一条
被掩藏的小河就在下面,它流淌,并不发出声响
而我多么悲伤,我看不见真实的羊!
晒黑的老牧民正在弯腰,吃力地卸下一捆枯枝
他说,他要储存过冬的柴火
可我,却分明闻到了他那满是皱褶的皮肤
混合着青草和羊毛的气味

在大草原上,我看不见羊,我感到失望
"羊毛剪了,"他说,"羊也卖了,
换点钱过个五谷丰登的年关。"
可我知道这里没有五谷呀
"哦?就算过上有吃有喝的好日子。"他嘿嘿一笑

天边,像纸窗贴在胸口,有点冷。伸手
就能卷起蓝绸子一样的云。可我,一个观光客

一个没心没肺的外乡人,低头不语
六月以后,"就要赛马了",老牧民说
说完,他在圆顶帐篷后牵出一匹马
一匹通亮昂蹄的枣红马
"这是给儿子准备的"。到那时
"谁是英雄,谁又是狗熊,都看清了。"

放下手中的草原,曾在江边长大
一个被江南的水浸泡喂养过的孩子
后来,我在尘世中奔走,一个走失家园的浪子
这多年来,我甚至自作多情地放歌高唱
会不会这是狗熊干的活计
记忆中的大草原,如今谁能回答我

江南的呢喃

多想再看你一眼
一帘烟雨后长长、长长的长廊
木质的椅子,剥落了油漆的扶栏
水窝里的昏黄灯影,湿润的呢喃私语
江南,堤岸和白塔
构成了一次记忆的背景
习惯撑一把花雨伞
在湖边,走着,看水鸟和情侣嬉戏……

这是诗卷中展开的江南
韵脚,已落在坚硬的北国楼宇
时间凝固。很多日子已被捆绑,打结
渐渐扭成了一条水泥马路
身不由己呵!当你把整个身子
扔进铺天盖地的玻璃墙里
你就站在了漩涡中心

(偶尔,忍着一种病和痛
清醒得像细心的护林人
亲手种植一棵树
一棵缠绕江南的树)

是的,来日方长
就像大运河曾经逆流而上
两岸芦花白,水草青
船和人,来来往往,一派繁忙
现在,你站在万里城墙上,独自一人
看山听涛。箫声悲凉,烽火喊杀
没了。一切都没了
夕阳西下时,你只想写下诗句
一句句,重新拼贴风情万种的江南

品茶时的想象

吹去浮沫,用嘴
在嫩尖或片叶的茶水里穿行
一切都开始平复
紫砂壶、杯子和水总是与茶叶相伴
祖国各地的平原和大山依然青葱

从采茶季节来到品茶时光
其实很短,最多一个上午
或某个月光皎洁的夜晚
但,你可以想象
那些用篾编织的篮子
它们在晨雾裹着的阳光下
清纯的采茶女,磨烂的手指
还有她那一瘸一拐的茶农父亲
再想象他们一辈子与茶树相依为命
刚泡的茶水已透凉

长眠守林人

让我们脱帽向这位长眠在这座荒山的守林人致敬吧

他一辈子守护山林,嚼野板栗,喝白开水,啃干巴
　巴的窝窝头
他缴获过无数偷伐者雪亮的斧头和凶残的锯子
自己却被捅了几刀
一顶破帐篷就搭在林子里,他孤单一人
一睡就是半个世纪。现在
他真的睡了
就睡在荒山野岭里

如今,灰白色的高铁日夜穿梭,掠过幽黑的山洞
满载南来北往的旅行者或生意人
他就在山洞上的土堆里,没人给他烧纸钱,供果盘
没人记得他——
仅剩的几根骨头每天都在搅动那种有节奏的轰鸣

你想对祖国的山河说点什么

你想说点什么呢?

在城里待久了
你几乎忘记了祖国的大好山河
那些山是否曾被猛烈炸开
乱石落地,一辆辆载重汽车
昼夜不停,搬走一座座大山
你几乎忘记了那些火热的场面
但你知道雄伟的殿堂
是用那些大理石砌成垒高的
你还知道,当一条宽阔的大河被引入
那千万里江山的蜿蜒曲折
谁能说得清
曾经多少支上工号子,彻夜唱响
田野里多少风吹的村落,古老的传说

谁又能说得清
有一天,当你在城里无所事事
沏一杯热茶,这是北方的茉莉花茶
突然,你想到自己喝的是南方的水呀
你是南方人

你应该对祖国的山河说点什么

说点什么呢?

喝着北方飘香的茉莉花茶
你开始认真地清理喉咙
如果喉咙圆润
如果岁月依然静好,心情不错
你应该对祖国的山河再说点什么

与一条河沟通

站在岸边
与一条河沟通
我沉默，河也沉默
乡村和城市都走远了
而模糊的崖壁
当它与阳光亲吻的那一瞬
扑面而来的
是溅起的云朵和水花
它们全都卷入了这条河流
因为沉默，我不把它称作母亲河
它就是一条河
一条普普通通的河
供我饮水的河

再后来，历史有了城墙，有了宫殿
有了威风凛凛的帝王
阴谋，征伐和疆土
几颗鲜荔枝，把含在嘴角的爱情
刻在墓碑中，坟头上
杂草丛深。脆黄的纸翻滚烟尘
是的，杀死一只蜘蛛并不容易

忘记一条河更不容易!

多少个世纪过去又回来
我们围绕它,种植,打谷,采摘
拼命地活着
子女们一个个在这里出生
如今又背着干粮一个个离开
到城里去,在电梯里上上下下
广告牌和夜店就在楼与楼之间
金钱和游戏就在一念之中

下雨了。转身,又站在岸边
我与一条河沟通
是的,我与这个世界曾有过太多的争论
太多的纠缠
站在河岸,以沉默
暂时放下一切问题
从河水之上裸露的石头开始
开始寻找那些被冲刷后的烽火
暗藏在时间里的衰老
今天,站在河边,独自一人
我依然沉默着,就像此刻的雷声
突然轰响,一望无边

在大峡谷中叫喊一回

我从北京来到湖北,来到最深处
不为了什么,只想在这大峡谷中
叫喊一回

年过半百,一生难得大喊大叫
山路弯曲,颠簸而上
杂树和草丛不能覆盖的地方
偶尔裸露几片灰瓦
灰瓦下,那是山民世代居住的小屋
沉默了千年之后的大峡谷
子女们终于外出打工了
而留守在大峡谷的那些老人、小孩和汉子
唯有三三两两的壮汉,驼背躬步
为四面八方的游客抬轿子
是的,他们流大汗,身子黑亮
他们要养活自己,养活整个大峡谷。
今天,我来了,我就是游客
可他们却挣不到我的钱
腿脚还行,我不坐轿子
我在向上,不停地向上攀爬
为了在大峡谷中

叫喊一回

也许憋了太久
我想叫喊一回,就这样我来了
在喧嚣的城市,灰粒扬起,场面光鲜
我常常低头不语,唯唯诺诺
站在最幽深的大峡谷对面
就想喝一口水,润喉
然后叫喊一回

是的,我从北京来到湖北,来到恩施
来到这幽深且绵延的大峡谷
不为了什么
也许就为了亲吻一下这里的树林和云雾
或者叫醒一回山谷里的鸟雀和蚂蚁
叫醒我自己
在高高的谷峰,风吹起
吹皱了我的衬衣
身体鼓动起来了
站在这里,为什么我的嗓子开始冒烟
夹在青石板间
我开始迷失了叫喊的来路,或去处
压低嗓子,我磨磨蹭蹭,哼哼唧唧
却不能辨认内心真实的回响
躲闪而来的颤音让我难堪

拾级而上。下面就是悬崖绝壁
我终于停步,双手抓紧发烫的铁链
在大峡谷高处
站直了,挺胸
我要大声叫喊了
一,二,三——
刚喊出几声
手,不知所措
腿,突然下跪瘫软……

后来,我在大峡谷中终于喊出了第一声

提供真相

一份提供记忆的名单
并不长。只有两个字：炎黄

翻遍所有古老的典籍
最初的《尚书》竟查无此人
而伟大的《史记》总是闪烁其词
据称，司马迁遍寻遗迹
结果，说法不一
那就把这两个圣人当作天上的神灵
让他们来到人间
一片生殖繁衍的烟火

两千多年后的一个夜晚
有人在残破的乌龟壳和竹简里
耐心地对质，疑惑，发问
一只执拗的手
终于把两个字一笔勾销
真相从铁证开始

七月七日:大水

  2020年7月7日这天,我从安徽广播电视台获悉,徽州一明代古桥被大水冲毁,有感匆作

七月七日这一天,我考虑过水的问题
自来水龙头打开后,我开始洗刷
用清洗液,用抹布
我拼命地洗刷瓷碗和筷子,让生活安稳

七月七日,大水已漫过江南江北
很多房屋和牲畜都倒下了
还有桥,那是七百年前的一座石拱桥
七月七日这一天,也坍塌了
时光倒流。谁在桥头抓紧绳索,大声哭喊:
别把历史冲垮!

别把历史冲垮。
真的,也别把我们冲垮
我考虑过水的问题
就像我考虑过用干净的碗干净的筷子
在没有病毒的空气中,过干干净净的日子

除了房屋和牲畜，无辜的人
那座古桥消失了
现在，我只能写下——
七月七日：大水
除了大水

保管好人类的家园（朗诵诗）

保管好肉体和灵魂
就在此刻

就在此刻
保管好一朵白云，一次雷电
让它们飞出你的手掌
下一场温润的春雨

保管好花园
这是一处让人珍藏相册的地方
值得翻阅、回味
保管好行走、蹦跳、欢笑
那全身出汗出彩的背影

保管好明天
就在此刻
让野生动物们
回到它们该去的地方
在那个自由自在的地方
让它们尽情欢跳

不能再回到餐桌
回到舌尖
野生动物们是无辜的
有罪的不是它们
也许就是我们
那些贪欲
那些涂满毒素的心灵

从现在开始，让我们
保管好矿石、湖泊、森林
保管好村落、青山、河岸
保管好地球和天空
让诗歌成为湿地，成为水草
献给所有疲倦的飞鸟

保管好家园
让它成为一片树林，鸟鸣
一缕飘香的炊烟
让回家的亲爹亲娘歇脚

保管好爱情吧
让恋人们的笑脸
不再染上灰尘
保管好幸福
从现在开始
从心灵的歌声出发

我们不再变得恐惧和肮脏

保管好人类最后的家园
这不该是承诺,被迫
这是我们发自内心的大声呼喊

春天来了（朗诵诗）

悄悄地，春天
已绽在伸开的树梢上
在路上，我突然感到了
绿的波浪就在脚下涌动
紧紧贴在你的胸口
那是柔软的绿，漂亮的绿
我，一动不动
静静地聆听你的呼吸

一切都会过去
就像冬天一只黑色的蝙蝠
它扇动的翅翼
在最后一刻发出凄厉的声响
并悄然死去
一切都将过去
那些暂时停下的酒杯和音乐
暂时静止的阳光和欢乐
会在树梢上闪现
或者，就在我轻快的脚下重新出发

悄悄地，春天来了

在最后一场大雪下过之后
我已脱下厚厚的冬装
我将走出家门,痛快地大喊一声:
春天来了!

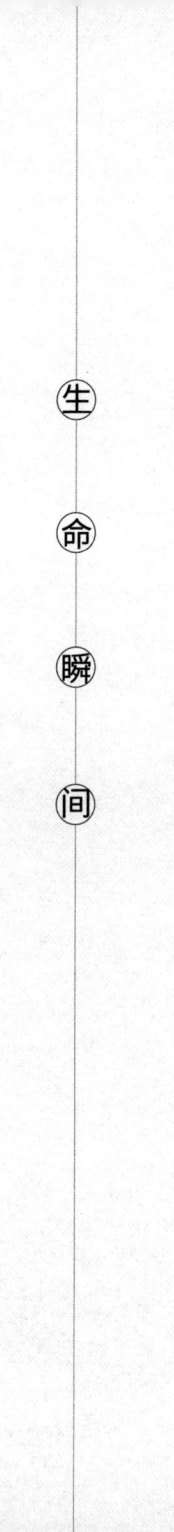

生命瞬间

那些拥挤的形容词

那些拥挤的形容词
曾经,我让它们一个个排成列队,立正,稍息
像是部落首领,按人头清点
穿上兽皮缝制的战袍,我喝令:
去吧,到诗歌的战场上拼杀

所有的战场都有烟火和尘土
偶尔会覆盖烧焦的面孔和血污
这些我全都知道
我还知道,在荒唐的岁月
那么多精心布阵的形容词竟不堪一击
它们倒下时,无声无息
甚至连尸骨都没写在纸质的大地上

该死的形容词!现在
我喜欢上了名词和动词
被命名后的星空,它瓷实,广阔,深不可测
因为它们是名词。我还喜欢上动词
大块肌肉动起来,意味着凸起,凹下,再凸起
用手掌与砖块搏击,意味着筋骨

深爱过的形容词,连带副词
如今,我已不再信任
这个世界够拥挤的了
今天在回家的路上,前方绿灯一片
我的车就是一动不动
夕阳下,那些拥挤的形容词
是否又活过来,还在添堵?

我想跟朋友谈人生

围坐一圈
朋友们剥皮吐壳,谈天说地
我没打算嗑瓜子或抽烟
我想跟他们谈人生
刚一开口,朋友们就哄堂大笑
这让我措手不及
呷了一口凉茶
我的表情开始严肃起来

就在这时,一只蚊子
突然停在身旁的左臂上
我看见了
"啪"的一声,动作果断而准确
突然,一声尖叫
引得满堂喝彩
我知道,我拍死了这只蚊子
下手很重

大声尖叫的
是一位戴金丝眼镜的朋友
他裸露的手臂上,有血
一滴散发腥味的鲜血

轻轻地放下

比如，桌面上铺开雪白的台布
那里有一杯醇香的葡萄酒
一个著名酒庄酿造
空运过来的酒

比如，挪开一双贴过来的柔软手臂
转身打量天花板上的蝴蝶吊灯
光线直射。一只苍蝇在骚扰

放下——

再比如，放下用璎珞编织的帽子
就露出不染发的真实的头颅
一撮白发，被收藏的伤疤
里面，还有一些数字
充斥着欲望的数字

放下一些东西
比如，曾经绝望的初恋
曾经让人下跪的文字和耻辱
今晚，月光多么皎洁
它已轻轻地放下

开裂的歌唱

我给一个人写歌
他的喉咙就裂开了

狠狠砸响钢琴
他想唱出自己的歌

身穿 T 恤衫，头戴八角帽
他曾经是站在舞台中央的人
一开嗓
台下的人，骨头都在吱嘎地响
垃圾场、花房和一张木板床
蝌蚪缠绕的音箱，除了轰鸣
就是欢呼，跺脚

地板晃动
有人准备了大把红蜡烛
还有人亮起手机，不停地摇
而闪烁的长臂，痛得发抖
我不能再写歌了
歌在写我

简化和复杂

很多东西都可以简化
一篇雄文简化为一个中心思想
小时候,这是我干得最漂亮的拿手好戏
语文老师总是用红笔在作文簿里
给我画上大大的"优"字

但很多简单的事物又可以变得复杂,混乱
一声鸟叫,让中风的人不再歪嘴龇牙
突然喊出春风又绿江南岸
仿佛一个词组,被人反复拆卸
碎成一堆。生命中的边角余料
在各种真实的场景中拼贴而成

很多时候需要大声表白啊
可你却装着若无其事
是的,在这个世界里,最恼火的
你竟无法隐藏自己的喷嚏和爱情

无人看守的数码集中营

手指、皮肤甚至灵魂
都深深嵌入其中
指甲来不及剪掉
灰垢残留。数字们仿佛幽灵
鬼头鬼脑。肉眼看不见
在盲目的背后
你早已被绑定

被捆绑的
不只是你
在无人看守的数码集中营里
甚至不敢领取免费的午餐
埋头,去打坦克,炸碉堡,夺皇冠……

两眼放光啊!当秋天逼近时
有人竟玩起杀人游戏
直到一个穿泳装的美女弹幕
发出尖叫

如何分配白天和黑夜

白天和黑夜如何分配时间
谁说了算？

喜欢白天的人
是些操心的人
就像候鸟飞来飞去
干燥的沙石堆
或湿润的水草里
总是留下几根羽毛

而习惯了黑夜的人
白天被截成几段
有一大段，准是加长版的午睡时光
连黑夜残剩下的破碎月光
已在白日梦里平躺
一种抑制不住的叫喊
泼出去了

如何分配白天和黑夜呢？
岁月知道

理发和动词

早该理发了。宽大的镜子前
我坐着,并被白布紧裹
喉咙被扼紧
理发师手上飞快动作
剃刀和剪子,咔嚓
对准我的草一样的头发

多么可怕啊,镜子的返照
在阳光的挥霍下,头屑飞舞
我盯着自己,不敢动弹
仿佛一个活人打量一个死人

想想,生命结束的那刻
人一定是躺下来被白布紧裹着
那时,坐着和躺着的区别
绝不是一个关于细微动作的区别

足够而简单的一生

时间不够用,那是进入花园
晕头转向后的一种迷离,冲动

走走停停,谁躺在传递暗香的花瓣间
一睡不醒。幸福从来就没有方向感
天空下伸手的枝梢,晶亮的露水习惯四处滚落
憋在胸口的声音,总是隐秘在血液的边缘
不够用了,时间真的不够用
把整个身体投放进去
不断堆积累层,一片黏糊糊的灰烬

要,我们总是伸手去要
什么都想要
在秋天某个细雨蒙蒙的早晨
请拿出干净的手
就这样,轻轻搭在城市的肩头
什么都不要
那剩下的爬满白发的时间
让你度过足够而简单的一生

弈棋

冷漠的显示屏。对手是黑色的
而我很灼热。点击鼠标
像赌徒,孤注一掷

我喜欢黑白世界
屏住呼吸,目不转睛
围攻绞杀时,硝烟飞扬
手不停出汗
尽管腿脚冰凉

我从不把人生比喻为对弈
残酷的事情
最好发生在虚拟的空间里
就像我偶尔与网棋纠缠
不服输时,常常输得一败涂地

不过,来到大街
我总想跟所有的人或花树点头示好
偶尔步子迈得太快
来不及微笑,便擦肩而过

原谅我吧
总是下一站,下一站……

错误的季节

错误的季节就是修改的季节

比如,冬虫夏草
可以在任何一个季节大面积滋补

还比如,滑雪场那个穿背心的健将
他如此卖力速滑,出汗,甚至摔倒
制造冰雪的梦幻
寒冷的季节已蹲在滑板上

正值夏天。虫子飞来
定做一个铁皮罐
再捧起一把新鲜的松土
想象中的蛐蛐,已被安排就绪
一个鸣叫和打斗的季节

错误的季节就是你一声不吭的季节

删除

把天空删除掉
会得到什么颜色?

把大地删除掉
又会结出什么果实?

睁眼,你无法
删除那个孤独而挺立的男人
火光染红的背景
一场梦,让人疼痛一生的梦

迟开的花朵已习惯低头
把自己也删除掉吧,连同
文字、图像、内心和身体全都删掉
脚下的河静静流淌
石头却一动不动

静与动

有时候,因为空虚
就想有点动静,发出一种声响
从远古荒凉的野地,直抵今生今世

有时候,空气被空气填满
你就想铺上软垫,盘腿打坐
闭眼,三分钟,或三个钟头,清静虚无。
如果再次起身,突然来了精神
你就会抬头仰望星空
接下来,再看一眼马路上滚烫的车流

句子的歧义

他躺着跌倒了
这是说什么

他站立着死去了
这又在说什么

谁在说"下雨了"
它的意思是:
也许让你把窗户关紧
也许叫你别出门
如果出门,提醒你带上伞

下雨了,这是什么信号?
洪涝灾害和山体滑坡
肯定跟雨有关
或者,还有一种观点
下雨了,真好
大地不再干燥
植物们到处疯长

或者

说"下雨了"
也许仅仅是我们俩的打赌
押上一百块钱
表达对天气的不同看法

身体的圣殿

身体藏有一座圣殿
据称尖刺一样的顶端能与上帝说上话
但,身体却是用骨骼、经脉和血肉做成的

文字可以假寐,做梦,甚至杀人
但身体从不说谎
饿了,它会努力靠近食物

身体无罪
天空之下,有船,有海岸,还有一大片稻田
它们在叙述或铺垫。从尘世中飞翔
有时候,身体需要安放一座圣殿
不是上帝的圣殿
而是一座通向人间隐秘的圣殿

在人间总比天上好

在人间总比天上好

在天上,从袖口里抽出一朵白云
也许你可以俯瞰尘世

但,在尘世中
手里的砖头,包括钢筋水泥,它们饱满、结实
大地上,一栋栋避风躲雨的房子造起来了
住进去,甚至不必粉刷和装潢
你就可以把米面、蔬菜和鱼肉放在锅台上
准备好了食油、盐和火候
桌上的那杯葡萄酒就被干掉了

说几句人话。酒足饭饱后
就能弹一首曲子
在人间总比天上好
在天上,太阳露脸后
除了光环,就是融化

幻听

突然听到一点声音,微弱,犹如游丝,
这声音来自泥土,还是床头?

家养的小花猫缩在最阴暗的角落,堆放杂物的地方,
有牛皮纸箱,成捆的旧报纸,英雄钢笔,白泡沫,塑料鞋,
一封没写完的情诗。呵,爱人!
已在天堂安家的爱人,是否生了三胎?

时空虚无。小花猫仍守候在暗角。
有一种声音,就像水里的游鱼,摇曳而自由。

天问

结绳,龟板,牛骨,青铜器,简牍,石碑,缣帛,
  纸,AI
"人啊!还有什么要记住的?
耻辱或荣光?"

不用了。一挥手,你说不用了
晶体般透明的芯片,正复活着人类堆积成山的记忆
垃圾焚烧。肉体鲜活。它们
被安置在键盘里
手指一敲,屏幕上,月亮树闪烁不定
尽管这一切都很古老,时空弯曲
风吹向星球时,大地上的人振翅起飞
一个分子。薄翼。一个保持尺度的微粒
符号的演算和征服

你早已看不到尽头
在暗物质汹涌的光晕中
自己已成为尽头

一米,或者不到一米

在高速公路上
发生了一场车祸

你坐在车内
你不会开车
因为你永远不开车
朋友掌握方向
真好!哥儿们很有耐心
也很细心,结果
离车祸现场只有一米
或者不到一米

七天假日,遍布自驾游
槐树间的小小古村落
高原上埋头吃草的藏羚羊
蓝天白云下马儿跑
在高速公路上
看风景的人
为什么如此一路狂奔

后来,你点开页面

这场车祸毁了二十多辆车
死了十个人
其中一家三口刚挣了一笔闲钱
本想自己做主,浪漫一回
据说他们的女儿很伶俐
已会背诵"生当作人杰"了

唯一幸运的是
你们离这场车祸
只有一米线
哥儿们开车真好
原来,生死只有一米
或者不到一米

怀旧的胃

地板在动,人不动
看上去地板的颜色有些老旧,油漆剥落
手,在键盘上敲击
火星,溅满一地
一堆陈谷子烂芝麻

是的,五十年前
你在村外,整天等着拉响的汽笛
毒日当头。当破败的绿皮火车路过时
货箱里偶尔遗落下黑煤块
你赶紧拾起,用袖口一撸
然后大口吞下
你饿呀
那是一块油亮亮的煤块
充饥的煤块

转眼半个世纪
你的胃口变得越来越小
早餐,一小碗白粥,一个馒头
午饭有青菜萝卜
晚上再喝上几杯红茶

够了,足够了

煤块没了
胃开始收缩
收缩到老人的黄昏里
现在,你终于出门遛狗
直到月亮升上来
才回家睡觉

有些人和一种人

有些人在公园里溜达一圈
偷窥一对恋人后
又回家了

有些人回家后就蒙头睡大觉
如果再次离家
屋里断了腿的家具
会以旧换新吗？

还有一些人呆立在城市立交桥上
脚下的车流很漂亮
一律呈弧线状
抬头，再看看那一片指向天空的大楼
突然有点失落

不错，有些人买了一栋豪宅
还有名犬名画
在躺椅上狠吐一口雪茄
整个世界不在话下

而沉默的大多数

在公交车站口等车
他们从外省来到这里
在这个寒冷的冬天
这些人多想伸出双臂
相互拥抱一下

除了这些人
还有一种人
似乎无法描述
那就是你!
今天下午
你慢悠悠地走进一间咖啡屋
坐下,要了一杯拿铁
然后掏出手机
闭上眼

量化爱情

爱情,在树下疯长
烈日暴晒后
露水偷偷袭来

不,如今的爱情
已不在树下
私事也公办
在标准的领带和摇摆的裙子之间
两杯热咖啡
开始一轮轮谈判
或达成妥协

爱情,已不在树下
在城市中央和郊外
以平方米凸显肌肉
至于排气量大小
那只是一种考量
当一张银行卡出色地完成量化任务后
数字爱情在抖音里高呼:
乌拉,乌拉!

亲爱的

在不真实的世界里游玩
那里没有热水供我洗头泡脚

数码跳动
一堆堆白色的数字和符号
在机器的外部闪烁
那里全是黑暗
从一座城堡踏入另一座城堡
手摸索着,摸不到门

开心,却孤单
在不真实的世界里游玩
唯一的幸运是
你看不见我
但我能看到你,亲爱的!

不止一次

不止一次,稿纸犯了错
该涂抹的,保留并坚持下来
以致不止一次,房间有三排沙发
那帮狐朋狗友扎堆,评头论足
还大声朗诵
那个狗年月也犯了错

不止一次,谈论饮食小吃
或护肤养胃,花花草草
可孩子却是永远的问题
从入托考级补习名校
直到该死的早恋,海龟或土鳖
一道道无解的方程式
孩子的问题永远都在于:
你要过得比我好

不止一次,从沙滩上走来,从大漠中回归
不懂得闯红灯后是什么滋味
不懂得妥协和减法
仿佛不止一次,你从菜场凯旋
饱食之后,竟一夜无梦

孤独的人并不可耻

两把小提琴就在墙角
其中一把是两百多年前的意大利老琴
红色吸尘器呆立一旁

老琴不说话
身体开裂,油漆剥落
它似乎一直忍着疼痛
等待手指
等待弓与弦

(屋里很静
只是它有点孤单
又有些木然)
抽出这把老琴
这时,你突然想和那个世界深情对接
(有人的地方
物体就不是一堆原子)
只要弓和弦来回摩擦
手和激情就会汹涌而来

两把小提琴总在墙角

地面干净
这杆红色的吸尘器就失去了意义
肮脏的东西躲起来了
你更喜欢这把老琴
只要抚摸一遍
疤痕就刻录下一段忧伤的旋律
是的,人生一世
能发出一次声响就够了
孤独的人不再可耻

(注:张楚有一首摇滚《孤独的人是可耻的》,是其代表作)

劳作的人

劳作的人总是设法堵住漏风的日子
伸出粗糙的大手,去覆盖
冬天最冰冷的部位
抡起拳头,把呼啸在窗棂的寒风砸扁
多花点时间,做有意义的事
别老想着感动舞台

这么多年过去了
你仍然辛苦劳作,从外面
风尘仆仆回来,还没喝上一杯热茶
你就操起了体力活
摆弄木质工具箱,扳手、铁钳、螺钉
还有一卷透明胶布,似乎应有尽有
尽管它们沉默已久
愤怒的金属开始锈蚀
在冬天游戏的阳光下,风还在吹
吹得耳根发热。为了孩子
你说,别让那些野蛮的风暴
在窗棂边狂舞

睡吧,孩子
劳作的人一辈子为了孩子
劳作的人只做有意义的事

沉下来

已走了很久
十年,三十年
或一个世纪?
那棵树都老了
就在家乡的土堆上。

这个叫做风铃的东西
因年久而破落、喑哑
一粒铜锈
滚动在白发深处

从乡镇到都市
一抬脚,碎石板就转换成
瓷砖铺就的光滑路
巨大的玻璃墙,隔开了
伸手可触的星空

而今,你渴望沉下来
犹如磐石,一动不动
在时光缠绕过后
沉下来,把刻骨的字和词
一根根抽出——

无声的挽歌

很多人死去了
在战争年代。
他们在杂草中,悬崖顶,海礁边
至今无人行走的荒漠中

长眠。

血肉化作丰饶的黑泥浆。
很多人死去了
骨头已被风干。鸟群们向着远方的大片湿地

水草温润,肥美。
很多人死去了
"谁来证明那些没有墓碑的爱情和生命"
这不是朴树自己的歌。
活着的人,游走的魂
正在来回飘荡

翻阅

你翻过这座山
看见一个和尚在担水
一个尼姑在弯腰捆柴

你又翻过那座山
目睹了一顶锈蚀的钢盔
那是战争岁月留下的
它在臭水沟里

翻过去的
不只是山,还有一本书
一页又一页
纸上的火焰
一声轻微的叹息

还是翻,最后一种
那是子孙们
用泥土、泪水和石碑装订成册的

靴子,如果落下

靴子落下
事情就变得简单起来了

马路两旁,叽叽喳喳的麻雀
不知去向。城市
被剖开的巨大腔体
胃,开始收缩

是的,靴子最终会落下
"砰"的一声
只有靴子落下
才能真相大白!
不过,有时候
那不是纯粹的白
是黑夜和歌声拉扯的白

光天化日之下
谁在玻璃墙头,高歌猛进
而嘴角,溢出的红色泡沫
总有一种腐烂的味道

我认识你的悲伤

我认识你的悲伤
认识一片枫叶
它飘落在西郊的石椅上
时间挽起衣袖
在秋天,在护城河某个时辰
把杂草和诗歌一同打捞

动起来了!北京的雨水
已开始大范围行动
西单街边的老钟敲了几下
车流开始涌入
而南方,所有的河流都在翻卷
一个漩涡干掉另一个漩涡
只是,在梦中
穿裙子的少女款款走来
她在岸边抚弄裙摆
然后坐下,搓手,洗脚
嫣然回头时
乌篷船嘟嘟而过
之后的之后
水,静如处子

静如处子。
但，我仍然认识你的悲伤
认识你的诗句
它如何完成一次生命的虚构

弥补

夏天过半,雨声们仍不停歇。
我在走廊上,除了热浪就是尽快恢复平静
想了很多很多以后,当写字楼大玻璃
刺伤我的目光时
一粒尘土落在鼠标上
弄脏了我的手

一只哭泣的手。

手在桌面上不停移动,点击
杯子里的茶水已凉透
一圈圈污黑的茶垢,斑迹深重
有些事情还来得及弥补,比如
努力工作,拼命赚钱
但有些却来不及了
就像溪水一样清澈的爱情和健康
迟到的内心早已离岸
我无须再用诗歌大喊大叫
用心倾听,走到路边
向枯枝败叶问好

立夏后的第四天

立夏之后,我已不敢想你
所有的日子都弥漫着药的味道
与你同城,却如此遥远
就像隔了一座无法翻越的山
我在星空下的小区漫步
黄毛狗甩响尾巴,嗅起我的臭脚丫
我已不敢想你
我怕!怕这灼烫的身体,返回屋后
被中央空调迅速冷却

你还想我吗?在这立夏的第四天
我已脱掉所有的外套
湿透的内衣和语言,一动不动
它们已挂在窗钩上
我闻到了烈酒一杯
就在茶几上
一盘拌黄瓜,一碟花生米,晚餐很简单
俯下身,把酒杯举起,一仰脖子
干,干,干呵!哦,此刻我多想拥抱你
拥抱你的头发,你的眼神
嘴贴着嘴

把呼吸中的酒气传递给你,醉倒你
就像回到那个温暖的冬天
在奔驰的路上
我热吻你轻轻闭上的眼

把一百人分成三等分

一个人冲上去
七十个人后退,还有
二十九个人在一旁观望

冲上去的那个人
身体单薄
轻盈得像那只鸟,扑腾而起
只有内心
内心倾泻的黑色风暴

后退的人
跑到荒野上
大森林快速下沉
它们全身的绿汁在地下

而观望的人
正靠在一棵树旁
眯起眼,一动不动
胸前挂了一个哨子
却从来不会吹哨

闪光的骨头

一块孤独的矿石
为自己的硬度而活着
风吹过来,杂树们跪在大山面前
伸开枯萎的手指

又是一年,在山野里
在城市之外
所有的窗子都在背叛他
一个孤单的人,就是那一块无名的矿石

这么多年还未风化
就像这块挣扎的矿石
仍保持着最初的眼神
大街上那种普通的灯光
餐桌上那些丰盛的酒肉
包括诱人的陷阱
谁打开了另一条生路
不!把身体扔进钢炉里
让骨头歌唱

在最后的坚持中
火焰比矿石还要坚硬

毒地板

头发回家了
那些灰土掉在地板上
你开始用清水一遍遍擦洗
直到黄昏
走向阳台,你看到
整个城市都在车流和灰尘下横冲直撞
一个红色的气球
就在空中爆裂

低头,下跪
你用清水继续擦洗地板
很卖力,也很无畏
突然,邻居跑来告诉你
这是有毒的地板

揪住不放

他活着
活得很苦
像树叶一样
总是发出战栗的声响

没有什么可以涂改
一片发黄的纸
印下一张落日的脸

时间爬进墙缝
强大的玻璃门连成一座城
一条噬血的毛虫
在屋顶上画了一个圈

他活着
活得很幸福
在丧失灵魂的时代
他终于摸到了败坏的心脏
揪住不放

面目全非

很多东西已面目全非
这台黑色电脑
在屏蔽的日子里
让你无所事事
烟头被掐灭后
又有一支点燃在屋里

晕头转向
你说,已经够了
在偌大的城市
很多东西已改头换面
就像一只大鸟撞在玻璃墙上
唯有一本诗集读不完
甜点堵住你的嘴

抄袭

我在抄袭裂缝
杂草和蚂蚁就在下面不停地拱土,露头
抄袭土地。我把
大地上的炊烟和米饭
抄写在村庄的尽头
那里有一口已废弃的老井

村庄伸向远方。大半辈子我都在抄袭
抄袭城市。在大马路上奔走,在形态各异的
高楼大厦中,上上下下,偶尔跌倒
闲暇时光,我在立交桥上止步
顺手抄袭一下滚滚车流,包括那个闯红灯的违规者
一颗艺术家悲伤的头颅

空中,总有一些无名的云朵不知去向
每到周末,我必须大段抄袭人工花园
还有树荫下那把铁扶手的木座椅
我看到一对老人抱起儿孙,逗乐,傻笑
这样,我就开始抄袭了自己

沉默是不是一种罪行

石头沉默。缝隙间的草丛不安地摇动。
草尖之上,风沉默。光天化日下,大片云朵
不能凝结成闪电和暴雨。
连同大海也在沉默,蜿蜒的礁岩在阳光中裸露。
千仞山崖在沉默,连同表情漠然的水流。

大江大河啊,嘴巴在沉默,行动在沉默,
直至胸口也在沉默。
广场上的鸽子飘忽不定,最初放飞的手臂伸向哪儿?
站在英雄纪念碑前,这精魂不散的汉白玉底座,
谁在流泪,并仰天发问:
沉默是不是一种罪行?

思想不需要考试

孩子们总在大考。
凸出喉结或学会接吻后,还在考。
考。直到鸟雀扑棱的那刻。

一批流星轻轻划过。
木头还是那根木头,被斧劈开后,
满地,一堆虫眼的柴火。

思想不需要考试。
摊开漫长的卷子,
在没有印刷体的考题背面,
有些东西早已刻进骨头,融入血液。

保证书

今天,我庄重地写下一份保证书
内容如下:

首先,我要保证这只精明的家猫
不跑到外面,发情添乱
这是一只斑白的母猫,在家待了太久
夜半后,开始叫唤,叫醒了我的梦
我保证梦醒之后
必须干干净净地刷牙洗脸
高高兴兴地出门亮相
绝不让这座城市因我而被弄脏形象

在北京天阶大厦
一间漂亮的写字间
沙发书橱,每天都深情围绕我
我坐定,打开电脑,并深呼吸
我只泡一杯茶,我保证上班之后
敲响规范的中国汉字和标点符号
弄出一篇刷屏热搜的文章
我必须保证上班不打游戏(其实我不会)
保证推进本月工作计划

累了,伸个懒腰
与工位里的女同事开个玩笑
但绝不性骚扰
同时我保证,不搞小动作
不告密邀宠

黑幕降临,白天过去后
靠在沙发上,煮上一杯热咖啡
摸着它渐渐变凉时
我吐出一口气
今天我勇敢而庄重地写下这份保证书
对天花板发誓:
保证做一个正常的人,听话的人
睡前不吃安眠药,不想鬼心事
美美地睡大觉
等待黎明第一声鸟叫

年轮

三十岁前,很狂妄
斜视喷薄日出,大江大河
到了做梦的夜晚
把烟灰缸和明月也踩在脚下

学会了善良,是在四十岁前
一路奔跑,停下来想喝水时就想
好人,坏人,不好不坏的人
活着的人,都是人!

五十岁前,曾念叨着
到庙里抽个签,在菩萨面前
那些跪下的慈悲老人
会不会也让我下跪

啊面包和风光
五十岁后,那都是舌尖上淡淡的味道

六十岁以后呢?

请到我这儿来,坐坐

请到我这儿来,坐坐
给你递上一个纸杯
撮一把嫩尖的绿茶
采茶的季节已过
泡出的茶水是否谷雨润香?

坐下,拉上窗帘
外面的东西就看不见了
我们曾是人世间的逆子
也许最光鲜的东西有罪

为什么不说话

为什么我不说话

已不需要方格稿纸
钢笔和墨水早已丢弃
用篾编织的篓子和诗歌
被蚂蚁啃光了证词

当我想说话的时候
为什么我不说话
拿起鼠标,左右滑动
不知为何,喉咙被消音
随后黑屏

愧对五一

当我写出"劳动"二字的那刻
身子却臃肿懒散

此刻,我必须向那些辛苦劳作的人致意时
却宅在家里嗑瓜子

一只白花猫在脚下旋回
它馋得让我给它吃肉
最近快递有些不正常
我必须赶紧采购一批猫粮猫砂

假日的京城,天空晴朗
今天是五一劳动节
北京气温十一至二十七摄氏度
有风,三至四级
我没出门
我没劳动
我有愧!

立夏这一天

北方缺少雨水
连续三天排队,咽拭子
一回头,立夏了

还穿着的毛衣毛裤
抬脚,阳光固定在额上
逼迫你流汗
想想秋收季节
砖头,枕木,脚手架
都会行动起来
想想饱满的稻谷和河流
还有空气稀薄的高原
那时,穿黄马褂的铁路工人
他们站在蓝天白云下
多么孤单,又多么有力

尽头

没有尽头

在窗前,当我准备翻书时
纸上的文字是死东西
我必须做几次深呼吸

累了,就伸个懒腰
腰腿未被捆绑
对于自己并不发达的想象
能否走完十万八千里
我不敢保证
我保证,每天一万米

走过一万米,尽头
不在玻璃墙组合的大楼
也许就在路面上
在粗糙的路面上行走最好
没有摩擦的地方,那是虚构的人生

备胎

夏季在空中整体盘旋
昨夜一阵狂风
让窗户和虫鸣晃动了一宿

暖气早已停了
本该是乍暖还寒季节
中央空调还没启动
天就变脸,热得怪异
树叶有些烫手
车就停在路边

似乎谁都想捞一把
在时光的快车道上
想捞出荷塘月色
或一条漏网之鱼
开车前也不忘
带上帆布工具包
准备一把乌亮的扳手
再添一个备胎

2 + 2 = 5 吗

迟早有一天,
会不会有人宣布:2+2=5?

如果会,这个人是谁呢?

不猜也罢。
只是有的手伸出,
怪怪的。沟渠深壑密集,
还残留一摊鲜艳梅花的血迹。

掌纹左旋。螺旋上升。
请每个人把自己的
口罩戴好,扣子扣好。

谁将宣布 2+2=5 呢?
不猜也罢。
就像天要下雨,娘要嫁人,
宣布 2+2=5 也许是迟早的事,
也许就在子夜。

(注:2+2=5 是奥威尔小说《1984》里的一个情节)

锤子和爱

现在,把锤子轻轻放下。
散落一地的钉子,
在这个春天里
开始不安,尖叫。

钉在墙上,
下手轻一点,再轻一点,
一幅山水润出一种温润的意境。
春天,爱意浓浓……

而爱,就是手中的这把锤子。

钉你,把你钉在椅背上,
钉在电视里,手机小屏上,
偶尔灵魂哆嗦,大汗淋淋,
阳台上那盆郁金香,
会让世界掀起一场金融风暴?

继续。钉完了
墙上的山山水水,

就钉锅盖,钉嘴巴。
爱,不是口水,
它从卧室开始。

追思戴着破草帽的人

阳光在另一个地方落脚。

靠在床头,我打开一本小说
它正在叙述一种真实
那些在大地上劳作的人
弯腰,割草,打稻
他们曾戴着草帽
一顶破草帽

如果把吃饭当作头等大事
语言就脱壳蜕皮了
就像那个年头
腐烂的菜叶、树皮和草根
在胃里不停翻滚
饿得发慌

书已合上
真正的小说还未写完
那些戴着破草帽
最终被埋下黄土没有墓碑的人
是生我养我的上辈啊!

坏天气

坏天气总不能是坏心情

在坏天气里,可以宅家
读一本书,一册画报,要不
打开电脑,敲下优美的句子

就像老式座钟
宅家,就是好好过日子
而渗水的屋顶
蚯蚓一样黄斑蜷缩着
堵死跑冒滴漏

坏天气总不能是坏心情
挪动一下身子
把张椅子推到边上,开门后
你就想跑到大街上,跺跺脚
喊它两嗓子

想念

有人开始逃跑
唯独一个女人不跑
她推开家门,艰难地
在廊道上走了一圈又一圈
她拿不定主意
走下楼还是乘电梯
只是在走廊里,想哭
但又害怕声响
她只是想哭一会儿
在阳光灿烂的上午,十点整
撒一把纸钱

火!
火,已灭了
另一种火在天外
在冷冷的灰土里

打滑

路面很湿
我不说,你也知道

为什么这个季节总在打滑
在地铁里停不下来
在高楼上停不下来
在伤痛中也停不下来

老家的桃子熟透
我说,已来不及亲手采摘了
你说,难道等到腐烂时
让大片桃园爬满虫子,腐烂透顶?

回不去了,老家
路面很湿,季节正在打滑

修改

1

枯叶一地
树枝被修改,光秃秃
再也没人跑到树下

2

撕去日历
一幅山水被撕掉
事实上的山水已被挖掘机改造
摆地摊的那个妇女
搓着粗糙的手,正打量四周

3

人啊人,别乱跑
被修改的城市街道
把窗户的朝向也改了
立交桥上总是悬挂长长标语
一夜之间,鸽子

脱落了几根羽毛

4

该开的会已开完
不该开的会也开了
文字被文字修改得面目全非
植物长势很好，一片大好
一条蚯蚓破土而出

命名

给一个事物命名
那是物理学家干的活
给一件事情命名
历史学似乎从来都是争先恐后
给一个人命名呢
你想
一直在想

K，那个测量队员，在卡夫卡的叙述里
为什么永远都进入不了城堡？
在城墙外，K走着，围绕着，烦躁着
他有时莫名地疼痛，因为整个冬天
雪总是下个不停

城堡阴森，又令人心动
K必须想一想
城堡里谁是最高统帅
那里的上下级是什么关系
更要命的是，城堡里的人没有面孔

包括K，他就是一个没命名的名字
而最急于命名的总是中国古代皇帝

生前就开始大操大办
睡在地下,总想着把头伸出
向着太阳,向着茂密的青山之上
一条笔直宽敞的台阶
暗青色的大理石叠加而上
只是,几粒新鲜的鸟粪不安分守己

对了,还有两排整齐的浓荫
几只鸟雀停在枝丫上,奇怪地鸣叫
偶尔,不知从何处
还能吼出几声猿的啼啸
如今,你想给一个动物标本命名
至于它活着,还是死了
已无所谓

一个叫 K 的人喊叫

你终于成为 K
当你充当 K 的角色时
你不知道握紧的拳头该挥在何方
不知道喉咙里淤积的一口痰吐向谁
甚至不知道明天会不会有落叶劈开你的脑袋
如果风暴骤起
你会不会把朽坏的老城墙推倒

你已成为 K 了
这就是事实
所有光鲜的句子和虚拟的词
于你已毫无意义
姓谁并不重要
你已没有姓名
而沉默疯长的一棵树
已伸向我的窗前
那些饱含深情的树荫
早已摁下太阳的秃头
你是 K，你必须大笑着
看看这个秃头
能否生出一撮浓黑的毛发？

倾听

耳朵贴在墙头
十月就在耳膜边嗡嗡作响
喝大碗酒的年代很穷
但耳朵通透,也很痛快
而今天,耳朵肥硕
已分辨不出长城内外

当郊外的桃子红透后
叶子习惯性地纷纷飘坠
想想飘坠后那无声无息的沙石土
这样,我们快速切换到水泥广场中
在群众齐声欢叫的世界里
一把金色的小号吹响
吹出了尖细的破音
一片雪花趁虚而入

又是一个长长而凄冷的冬眠
耳朵是否有福
也许等到来年破土时
耳朵竖起来,去倾听
一声绿色而疼痛的虫鸣

在山上看山下

父亲牵着我的手
走在山坡上
他已习惯在雨天里爬山
他说,折一根青竹吧
当心打滑!

为什么要选择恶劣的天气上山?
他用青竹竿戳了戳泥巴
脚趾,已深陷其中
他说,从山上朝下看
可以看到那些村庄
他想知道
还有哪些老屋正在坍塌

写给世界诗歌日

真的不知道
诗歌也有自己的日子
今天就是!

北京有点冷
路上的行人头戴风帽
还有毛茸茸的手套和白口罩
我看不见他们的眼神
匆忙奔走的人啊
这可是春分时节

今天是世界诗歌日
诗人们该干点什么呢?
以诗歌的名义,我建议:
别发表宣言
也别自我感觉良好
默默地守护着人类和文字
口水诗,梨花诗,屎尿诗
什么民间写作,知识分子写作
别再争吵打闹
行动起来,相互取暖

就在春天摊开的空白里

写一首诗

一首有绿芽的诗

2022年3月21日世界诗歌日

安静之诗

我们很安静。在装点灯笼的节日里
静静地坐下,不到公园里跳舞
也不贼头贼脑地躲起来,偷放烟花爆竹
读边角破损脆黄的册页
古人的诗卷,字迹模糊,留有空白
一杯绿茶就能让人安静

不再企求这棵老树会留下植物气味的韵脚
也不在那些反复凸现的山水亭阁中
面对桃花和酒
穿过阳光下的隔离带
我们就坐在城市的高楼上
拉上窗帘

我们很安静。偶尔
推开一扇尘沙弥漫的岁月之门
嗑嗑瓜子,削一个苹果
然后用手指敲击诗歌

悖论

我不谈论诗歌,
我想说写诗的人有没有病?

对词,对感觉,对比梦还插翅难飞的幻象,
一种病态的迷恋和自虐。
日常生活太正常了,
正常得让人有时发疯,不正常。
比如,房间有墙,隔开卫生间和餐厅,
晚饭后去散步,或者
不散步,陪着电视剧莫名地怒吼,
一巴掌,把茶几上的杯子打翻。

捡起碎瓷片,坐下来
跟受苦受难的女主角一起抹泪,
想起自己或他(她)的故事,
天空还是这个天空,
白云,从不短缺,飞去又飘来。
至于蓝不蓝,是否打雷下雨,都是
日常生活中的一部分。

当阳光普照大地,

躺下去，写诗的人有没有病谁都不知道，
最刺激的，不一定是酒和女人。
现在，我甚至不想谈论诗人了，
人人都是诗人，
还能谈出个屎来！

诗歌作法

像一朵干瘪的云
一切都归于平静。缺水的
天气,也许写诗可以喂养什么
墨水洇开
船长和锚就靠岸了

关于想象,从一个具体的场景出发
然后扔出去,扔出碎片、雪球
扔出黑洞,甚至
扔出无法抵达的内心海啸

从头到脚来一次清洗
等到干净的时刻,诗歌就胜利了
就像尖绿的嫩芽
饱含一颗露珠

诗人之痒

1

诗人喜欢钟声
这种在空中回荡之声其实早已消失
隐喻和象征总想挪开人
深陷一种撞击的事物,等到无法想象的时候
你才会抬头倾听

2

有时候,诗人病得厉害
得意时怀旧,失意时更怀旧
偶尔举起酒杯向世界吐槽,发疯

炊烟,水车,石磨,雨披,篱笆墙,还有生锈的犁
山坡上的羊,吃草的老牛和打滚的猪……
把这些词或词组凑成句子
分行后,又举起酒杯
开始撒娇

3

诗人心地善良
背弃誓言的狗男女
总在他(她)的笔下揪心出场
一场风花雪月的抒情

4

梦见了什么?
诗人总是梦见什么?
你猜

短句

1

纯粹的诗歌,吃饭永远是头等大事。

2

腰身粗了,你不想写诗;
或者,写出来的句子臃肿肥胖。

3

把幽暗的私语铺在雪地上,
优雅地伸出臭脚丫,
诗歌不堪融化。

4

装神弄鬼的诗行,
空白间,夹着一只油腻的猪蹄。

5

排泄了狗屎,
也许诗歌就干净多了。

自白

多年没写诗
多年,多少年?
十年?二十年?

三十年前我写过诗
这是确切的。三十年前
稿纸、墨水和信封
破旧的台灯,还有
满屋子烟雾缭绕

失眠和白日梦
那时候重复交替,同等重要
词语上蹿下跳。那时候
看到更著名的诗人
读到更烧脑的句子
我会把整个生活
压缩成一块饼干
一口吞下,打发掉

曾经年轻过
我承认,三十年前我写过诗

一麻袋臭诗
我还愿意如实坦白
我写过失恋,没有初恋的失恋
写过饱餐之后的呻吟
大笑之后的黑暗
写过灯光和面朝大街
英雄和懒汉
以致死后飘起来的幸福

多年没写诗
如今,突然写诗
搔头,一挥手
几根白发脱落
手心里的皱纹
有点痛

入场与退场券

写诗时,低头最好。
一个沾满污黑茶垢的杯子,
该不该丢弃?
而晚餐后,你必须解决盘子的洗刷问题。
水流,想必控制得恰到好处,
情绪就控制住了,也就不再争吵。
下楼前,记住!
别忘了揿下一种按钮,
它可以让你从电梯快速地直插底层。
在底层,你总是路过小区花园,
看见几个眼熟的大妈扭动着,
跳着轻曼的扇子舞。

秋天的树叶啊,为什么最容易变脸?
而长椅上的私语,
习惯相互重叠着拥抱或泪水。
所有这些,可以使脸上的内容年轻三天,
这样,你就把七十二个小时的生活浓缩成一首诗,
小区里的灰麻雀和垃圾也开始落实了韵脚。

写诗,不是为了入场,
写诗,最终为了拿到一张退场券。

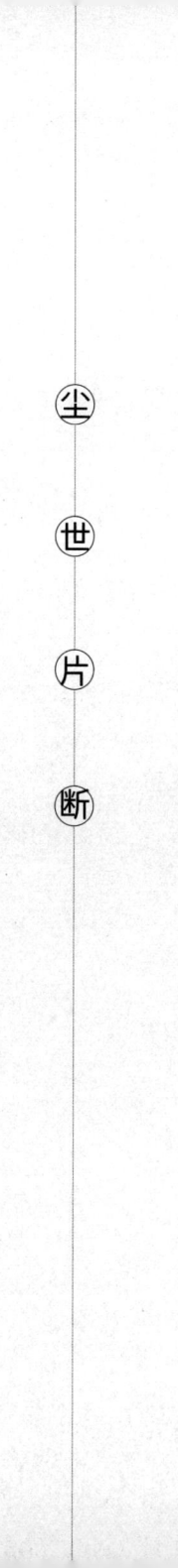

尘世片断

问诊

有一段时间你说得太多
走路时,石子都发出几声怪叫和嘲笑

阔啊,脚穿鳄鱼皮鞋在大雨中挺胸迈步
你想去诊所咨询一位白胡子的老中医
没病的人会不会无可救药

修复还是猜谜?

又挖出一些坛坛罐罐
把泥土和碎石铲去
陶片被棉布小心地包裹起来
在动物装饰的花纹中
修复还是猜谜?

考古

废墟活了
遗址就站起来了
一具头盖骨悄悄浮起
大风吹来,尘沙弥漫
在黑色键盘上,指尖
已敲不出帝王的冠冕

一种虚构的真实

不合时宜

你能够想象,如果
用墨水在白纸上写下一首赞美诗
放到天安门广场,让它飘起来
警察会干预吗?

总有一些美好(妙)的事情
或善良的愿望
不合时宜

白发人的回忆

用梳子把黄昏飘散的发丝
梳理一遍,你想到了之后的黑
黑乎乎的一大片黑
比如,黑夜。

偶尔,抱紧院子里的一棵老树
就回忆起那个黑头发的年代
枯叶飘下来,都能伤害人呀

改变一下方向

当你失意时
看看马路旁的石子,或
泥巴里的一片枯叶

失意时
不必对月悲叹
更不必狂歌大醉
等到天亮,起身转动椅子
改变一下方向
如果这时有一只鸟向你飞来
嘴里还衔着一枚饱满的谷粒
你就站起来
用最好的方式,伸出手
去亲近它的羽毛

张三的生活充满疑问

"不是只有张三爱他的老婆。"
你这样对我说。

我却有点迷糊,那是说:
很多丈夫都爱自己的老婆,
或者:还有别的男人也爱张三的老婆?

昨天,我确实见过张三的老婆,
高挑,性感,白齿轻咬红唇,
还有一圈神秘的笑窝,
看上去,似乎人见人爱。

过日子

其实,过日子就是把时间掰碎
点点滴滴。寂寞时,加点糖
不是那种晶细透亮,物质的糖

过日子,不是混日子
虽说有时混混也无妨
但那不该是混过之后
关上门,抽自己的耳光

坐下来,站起来,走出去
也许,过日子就是
把肮脏的东西排泄掉
偶尔,来一杯,再来一大碗

两种含义

有时候
我们会谈论狂欢的含义
但不谈论张艺谋的含义

一朵盛开的水莲是光线
一排凶悍的斧钺也是光线
穿越,虚拟,盛大
还有美学的胜利
为什么我们会常常看得眼花缭乱
或泪流满面?

光滑与粗糙

冬雪飘落
它让没穿过棉袄的岁月
有一种奇特的疑问
谁在编织可怜的童年时光？

而现在，当冬天开始大量供暖
就像烘烤我们手中的面包
突然有人奔向城市中央
站在十字路口，打量四方：
路面真光滑
为什么行走时总是很粗糙？

老头子

老头子穿着老头鞋走在老路上
有没有人理睬,并不在意
老头子在老路上把老头鞋脱下
里面灌满了沙子,脚不臭

有一天,老头子光着脚,嘟嘟囔囔
不怕穿鞋的,不怕!说完大笑着躺下

一辆救护车呼啸而来
老头子穿上老头鞋已离开老路
梦中有一棵剥了皮的老树

苦恼人的笑

夏日夜晚,在热雨蒙住眼神的
公园小道旁,你哼起了苦恼人的笑。
厚重的男低音。喉咙有点哑,还有点痛
但它携带着路灯照亮的雨滴
湿润丝滑一片……

哦?故事久远了,生活还没完
为什么无人给你打伞?

那些饱和的、带有侵略性的光

那些饱和的、带有侵略性的光
在窗台上肆无忌惮,四处喷射
这时,你想静坐在藤椅上
闭上眼,去吧,人世间的恩怨情仇

(眼下这是一张祖辈留下的椅子
父亲死后,又传递给你)

拒绝客厅里软得让人瘫痪的沙发
你坐在祖辈陈旧的藤椅上,开始不安
甚至有点呼吸困难。把
那本线装书拆开,再叠起,再拆开
然后,一页页抛向窗外——

那些饱和的、带有侵略性的光!

等了一辈子

在这个地方等你
这是一个荒草丛生的地方
我却一直把它想象为铺满鲜花的婚床

等你,等了一辈子
却一辈子荒草丛生
满含幸福的露水

赠Z友人

你始终保持一种姿态
不屈服，不反抗
握在手心这一缕坚定的时光
像窗外那块石头
完成纵身一跃的过程
能站着的时候
绝不跪下

不能遗忘

有些东西就像垃圾,比如
口号、招贴画和牛皮癣小广告
它们可以丢弃
但有一种日子必须刻下
刻在骨髓里,心头上

不能遗忘啊!5月16日
哪怕阳光灿烂,彩旗飘飘……

猫,为何无所事事

每当傍晚,我不看黄昏
等待一切都暗下去以后
就想知道白天睡够了的家猫
会不会醒来抓耗子?

住在公寓楼里,已经没耗子了
耗子早已躲进最肮脏的角落
伺机而动。没有耗子的夜晚
猫总是无所事事,直到
它用嘴一遍遍舔湿从被窝里伸出的手
这时,才发现
这是我冰冷的手

仿诗人臧克家《有的人》

有的人一生都很聪明
就像此刻你的手握紧这只鼠标
晃来晃去,总在一方黑色的显屏里
上下左右逢源

倒立着行走
有的人一辈子都很窝囊
在冰河里呼吸着,歌颂温暖
在燃烧的火炉中,高喊凉快

有的人从不知道自己是谁
光天化日之下
把椅子搬到头顶上

装

一辈子都在装
装孙子,装大爷,或者装 B
要不就装颔首致意的元首
张嘴就是一、二、三、四、五

装了一生
后来装进一个涂抹金粉的小盒子里
骨头都成了灰
还得装,装得满满
直到有一天
乌鸦偶尔栖息在上面
叫都不叫一声

幸福是一枚蛋

幸福,据说是光滑的表面
表面上所有的点或线都模糊一片

这样,幸福就成了一枚
漂漂亮亮光光鲜鲜的糊涂蛋

78%的爱

你爱我,是我爱你的78%
什么意思?

习惯了古老而糊涂的爱
一圈四处弥散的光晕
谁能称出斤两
并用数字真情表白?

一辈子习惯算计
有些东西却不能
例如,山水,烟岚,云岫,飞鸟
那棵坚持不枯的松树
还有被称作为爱的动名词

烫手的粮食

大风吹来,树叶飘落,房子不动
而手里的股票在动,在出汗
从内心穿行,一路奔跑在
大街上。店铺招牌换了一茬又一茬
押宝的人似乎越来越多

土地广袤的北方,闲得闷骚时
已开始大面积开耕播种。机器很忙
粮食,粮食,战火中最烫手的是粮食!

你说:
鸟生羽,兽生毛,黄瓜茄子赤条条

有一只乌鸦许诺我

有一只乌鸦
许诺我明天会更好
就是说
就是这只乌鸦说
今天我必须
在苹果树下吃一筐烂苹果
吃残剩的农药和爬行的虫眼
吃完后,必须在烂泥巴里打滚
忍受煎熬和痛苦

乌鸦的嘴是黑的
它总想口衔一枚太阳
在大地上盖章

钉子精神

把钉子钉在光滑的床上
抬头,你终于面对天花板
大喊一声:我爱你

床板,被单,还有抡起的铁锤
当它们之间的关系紧密而牢固时
春天就发情了

这张床来得不容易
等了多年,终于被钉死

世界的脸

一张黏稠的石油的脸。
绿票子的脸。
香喷喷面包的脸。
芯片的脸,元宇宙的脸。
战斗机的脸,航母的脸,导弹的脸,轰炸的脸。
用舌头搅动风云的
脸。

脸是表情。
这张脸贴出
一幅五颜六色的晴雨表。

纠缠

雪与场面纠缠
场面与草纠缠
草与土壤里的水分纠缠
土壤就是大地
大地上站立的是人
人,在天空之下
总是与猪狗、花树、机器、宫殿甚至自己纠缠

而墓碑前
雨点滚动,它游走在
糕点、果盘和酒水中
此刻,与死者纠缠

互咬

他咬你一口
你咬我一口
我咬他一口
在屏风后
谁都不敢嗷嗷叫唤
仿佛皱巴巴的床单
已留下沉默的精液和血污

其实,风暴早已压进黑洞洞的枪膛
它将通过某个长廊或隧道
在高光时刻
扣响扳机

他者的耳朵

缘墙,屏住呼吸
墙的深远处,是帆与海啸的构图
壁虎们在绿藤的缠绕中爬行
一种网罗的景观

闭嘴,在最需要说大话的时候
他者的耳朵有两个
右耳装聋
左耳正在窃听

欲望

一声鸟鸣
空旷。
不知身在何处

时空已被压缩成
一块精制的饼干
快速嚼碎
又快速让人饥肠辘辘

总是饥渴。而
食物密布。
人啊,何时才能掉光牙齿?

清淡的除夕

除夕,在京城
礼花和烟火缺席

窗外有点黑
你炖了一只土鸡
据说鸡汤是冬天里的大补

节日来了
眼睁睁地就来了

在清淡的鸡汤里
加点盐,加点人参
再放几片重口味的生姜

如何?

如何踩死一群蚂蚁

一只苍蝇在身边飞
有人形容它的叫声:嗡嗡叫
一群蚂蚁在地下爬
它们想爬到国家的头上,偷粮食

拍死一只苍蝇很容易
而踩死一群蚂蚁,除了脚
该拿出什么?

原谅自己

我正在吃饭
有人打来手机
放下筷子,赶紧接听
我说:筷子!
对方愣住了
口误

桌上除了鱼丸子
香喷喷的鸡翅,还有蔬菜
重新拾起筷子,断线了
朋友打来的,还是骚扰电话?

想到刚才的口误
已这把年纪
我原谅了自己

鸡和鸭的二重奏

1

握紧大片青山
就握住了雌鸡
这是一只不下蛋的雌鸡
竟等着打鸣

2

跟鸭子讲民主
扑通一声
一条河被搅动
一群鸭子列队
向彼岸游去

食物,食物!

秋月就是秋月

明天就立秋了
每年都有立秋
秋月就是秋月
它在天上
天黑的时候

秋月并不代表什么
比如,愁思或伤感
我再重复一句
秋月就是秋月

立秋了
就是说夏天已过去
那么,秋天后面又是什么呢?

冬天

儿时的标本

这是一个生者、死者、未诞生者
组成的世界。

儿时,我活在两种标本中:
英雄或罪恶。

温柔的窒息

一座城,活动的城。
人流,尾气,节日。
一场雨,没有结局的雨。

变天了。转动的头颅在工地上
红蚂蚁在乱石堆里爬高
钢筋被铁丝捆住了手脚
房子快造好了,工匠们说
这是生命中最温柔的窒息
也许野蛮人就在里面,这儿没有门
给光明留下一道门缝,好吗?

谈论

在大街上步行
早晨浮起了第一粒灰尘
皮鞋有点脏!
谁在天上走失,却在地下生根
每天都是一首未完成的诗
但我从不跟我所爱的人
谈论世道,或幸福

或

死亡。

时光的颜色

物质的表面常常叫人迷狂
一朵花纹,一种装饰
而真正让人心动的是
思想走到脚下
你看着它慢慢变深的颜色

下沉的视线

此刻,我感觉到了幸福
怎么又记住了漩涡的伤害
曾想抓住命运
却看见了抛锚的船
水流中,裸露出几块岩石
我的视线开始下沉

关系

乌鸦和麻雀有什么关系
不知道!
蜜语堵住了嘴
就跟肉体发生了关系

一生一世
走上坡路时
离天边最近的是太阳
而最底层的是跪下的草

祖国和命运是什么关系
我知道
但我不说

坐在剧院里看戏

就像一扇贝壳
一只好斗的公鸡
一块砌墙的城砖

镁光灯亮了
画出了一个眩晕的圆圈
你以为你是谁
头戴冕旒,套上龙袍
一身的戏装
就在舞台上装神弄鬼,呼风唤雨

你以为你是谁
一个愣小子!

不想弄脏你的手

慢慢地走吧
你走得太快
停下来
就停止了转动的赌盘

午睡后,坐在藤椅上
眯眼,对视或静默。
等到热咖啡冒泡的那刻
我就抓住你,还好吗?

对天发誓:
我不想弄脏你的手!

阴阳两界

这个世界不容易
早起,露水,劳作,夕阳
安顿亲人们一块墓床
子女们普奔大好前程

其实,那个世界也不容易
当月亮沉下去
除了孤坟和寂寞
山坡上,全是风吹野草

也有容易的时候
当黄昏靠近胸口
打开窗子
还有一只快乐的飞鸟

七个大调：说和不说

C 调说：明天会更好
D 调说：钞票和梦想够不够？
E 调说：乘着歌声的翅膀，那究竟是什么鸟？
F 调说：Yesterday once more，卡朋特的微微一笑
G 调说：该死的皇帝，百万人民竟为他开挖造陵
A 调说：把丧事办成喜事，如何？
B 调说：今天的天气，哈哈哈……

你不说了
他也不说了
我更不想说了
只想停在石榴树下
听风

思想的泥巴

我在思想里打滚
满身都是肮脏的泥巴
裤腿,手臂和胡子拉碴的嘴唇
我嗅到了土地上的花香
并独自向晚秋走去……

有机玻璃门和脑袋

一道门
根本看不清的一道有机玻璃门
刚抬脚,脑袋被撞

红肿的山包,晕眩而虚空。
这座城市确实越来越透明
你毫无理由就失去知觉
一栋楼坍塌不等于一片梧桐叶落下

纪念

一代有一代的伟大或荒唐
就像一粒种子能成为饱满的稻谷
也能变成一茎干瘪的稗草

一代只是一代
大风吹过,炫目的舞台背后
荒野一片

年轻过

曾经年轻过
那时候并不快乐
总是偷偷摸摸
偷偷摸摸如何煮一杯咖啡豆
另加一块方糖

必须把门关死
再把窗帘拉紧
啊,邓丽君
我只要这一杯

段落

"这个世界的精彩,
就像在咖啡馆的烟灰缸里找到烟头一样。"

如果找不到烟头,
那就把失败的一生,揉进一个段落;
下一个段落,且留下空地。

种树和斧头

用小斧头砍伐森林,
这是徒劳的;
当我们全都举起斧子时,
将会怎样?

我决定种下一棵树,
为了想象一把雪亮斧子的声响。

桂冠

总有累了的时候,比如
桂冠诗人躺在桂冠里睡觉。

是啊,穷尽一生,他都在纸上工作。
从泼出去的墨水直到响亮的键盘,
城市,以及城市之外,
在没有晨鸡报晓昏鸦鼓噪的村庄,
还是找不到路口。

躺下,再睡一会儿。

反讽

她手捻一颗新鲜荔枝
嫣然一笑
大好河山就颓败了
包括宫殿赭色的廊柱也折了
满地碎砖。血迹斑斑。
蚂蚁和小白鼠来回欢跳
在腐朽的年轮中
空心的木纹里
有一团鸟粪很新鲜

这是谁书写的历史
竟让一个女人睡塌了一个王朝?

叫你的名字

叫你的名字,
你不答应。
栽一盆水仙,
放在阳台上。

水在哪里?
管道已爆裂。

叫你的名字,
越大声呼唤,
屋里越干燥。

葡萄、内心与爱

放入池中
冲洗这一串刚采摘的葡萄
把它供在果盘里
干净的东西让人不忍吞没

爱人,让我们爱人吧
葡萄一样的情感,透亮
时光流淌。在日常生活中
果盘里这串不起眼的葡萄
它是从藤上采摘而来的

合唱

你在合唱队里唱歌
很卖力

我也在合唱队里唱歌
更卖力

合唱队里每个人都很卖力
却听不到心跳
也听不出喉咙发声

风雨

昨天开始刮大风
直到现在

而南方的朋友
刚给我发来视频
古塔和堤岸迷离
大片稻田蔫了
南方,这些日子被泡

北国刮风
南方多雨
脚下的地风风雨雨

而无风无雨时
太阳和虫子就全爬出来了

满足但不满意

立秋。稻谷熟了
大把的黄金也到手了
我很满足又不满意

对于一朵桃花
我很满足
但它飘至我的窗台上缩头缩脑
我又不满意
城市中有那么多的招贴广告
为什么不覆盖在它身上

真假

玩具手枪是手枪
但总归是假的
在黑暗中,当它顶在脑门时
你真的把它当成真的了

节日狂欢
纸花是假的
盆景更假
包括吃了这迷魂药的口号
穿上盛装的大妈
打起手鼓敲起锣
一路扭屁股
这全是真的!

无语

炮轰云朵
可以暂时下一场大雨

之后,大雨更大
还裹挟着冰雹
这是七月天

坚强和意志
在一次次布置中
搭起了木头和钢筋组合的舞台
雨,总有停歇的时候
你就是个观光客

只是,有时候
你也很亢奋
就像脚下的石子
被踩过无数次
仍等着继续被踩

一路小跑

总想走得更远
当抵达城市大玻璃墙面时
身影和身影开始相互挤压
手头,还放不下一路小跑

总想喘息
在楼下吃一块三明治
结果,打开 iPad 埋头整理创意和点子
梦想已把你折磨了一宿
明天太阳会从东边升起吗?

帝王

拿起镢头
掘出泥石、沙子和破陶罐
把一根根干裂的骨子拼凑起来
帝王们,一个个探出头
从阴湿的地下
爬了出来

头上,几朵薄云
荡来荡去
把时间折叠
加点水,然后发酵
搓揉,烤炙,上色
漂亮的面点们出炉了

翻开厚厚的菜谱
帝王就是一道不上餐桌的
甜点

孤眠

在失去花蕾的时辰
一生一世,问号无数

陪你上路
不忍春光外泄
眼下的一针一线
缝补着生活的漏洞

独守孤眠
已不是做梦的少年了
站在门前,关门
咣当一声
一声叹息

转换

她拖住了二月。

拖住后
她挺起肚子
整座花园都要分娩了

她又拖住了三月。

三月，凸起的肚子朝向天空
可天堂在哪儿？
她跪下，头发乱糟糟
亲人，你还安好吗？

分界

在乡村的院落里
坐在小板凳上埋头抽烟
空气中只要没有皱纹
我就想爬山

山下不远处
城市总部连体大楼外
两排锈蚀的栅栏
圈住了小花嫩草
几只蜻蜓进进出出

删

删吧
把初恋称作色情
把爱情当作淫乱
把春天认定腐化
404 加一行乱码

真相只是一碗白米饭
一盘没有油水的清炒蔬菜

颠倒

已乱套了
白天睡觉,夜晚健身
然后冲澡,哗哗水流声

而

我喜爱的哲学就在弯细的铜钩上
窗帘,早已拉上

白，意味着什么

设想一下，你躺在病床上
床单和被褥是白的
墙和天花板是白的
护士也是白的
她穿着白大褂
一边细心观察吊瓶的刻度
一边轻轻地说：
"安心地睡吧，什么也别想。"
然后，就把粗大的针管拔出

白，意味着什么？

审判

对一头牛或一块石头进行审判
毫无意义

就像审判某个闪念
某种无罪的精神

误读

为假象而征战
为虚妄而抒情
一生的误读

一面镜子
镜面上浮灰点点
不用嘴吹

等

终于等来了
等来了蓝火焰

烧掉纸上奔跑的一生
留下一包散发体温的灰烬

独处

独处的日子
我习惯性地乱翻书
之后,削一个苹果

书,破烂不堪
一句都没记住
一个词都不想留下

农家院外,在红月亮笼罩下
我却看见了一头猪
正在草垛里打滚

解析活法

活着很重要,这已不是问题
看不清一些东西
便常常对眼睛提出无理要求
麻烦在于,它是否在说
蚊子和皮肤的活法不一样
树叶跟诗歌的活法也不一样
有钱人和穷人的活法更不一样

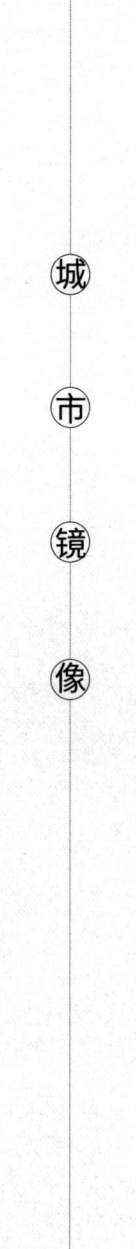

城市镜像

不想告诉你

不告诉你
公园里,孤零零的铁椅上曾坐着两个年轻人
那个年代的夜晚,他们到底干了些什么
谁都不知道
可是,一场风暴后他们就不知去向

秋天来得太早,凄冷的蝉鸣拱出大片湿土
一声比一声急切,短命
信仰和背叛就是咣当作响的硬币,有两个表面
不告诉你,它的哪一面更真实

不告诉你,真的不想告诉你
这把铁铸的椅子是谁制造的,又是谁安排的
如今,晨雾升起的场景隐约出现:
浓荫覆盖的亭子间和围墙外
一对老年夫妻埋头,正在购买公园年票

阅读车次

始发站,终点站,整齐排列密密麻麻的时刻表
让你反复阅读车次,眼花缭乱
至于带棱角的电梯上下滚动,站稳了就好
抬头,巨大而透明的钢化玻璃圆顶
钢管直插,正分割天顶
几片假想的彩虹

有人上车,就有人到站
一声叹息。你看了看站牌
现在,拉杆旅行箱只剩下几件换洗衣服
似乎是为干净的肉体准备的

灰尘弄脏了爱情
对了,铜拉锁已松开
有一道巨大的缝隙。真实的东西开始暴露
一张薄薄烫金的信用卡平躺着
睡了多年,不动感情

五口之家

1

摆摊的那个外乡女人,在小区拐角花坛旁,
花坛里有泥块,没有花草。
她抖开一块印花的破被面,发卡、银镯子、假项链,
还有雪白的冰墩墩,哗哗滚落。

她环顾四周,眼神总是游移不定,
一片乌云就在头顶上,来回盘旋。

尽管她一口气生了三个女儿,疾病缠身,
还是胖得有点过分。

2

不管做不做核酸,生活还要继续。
活还得要干。

出租屋前,天色似乎暗淡下来,
他开始灌着啤酒,吐出一圈圈白泡沫……
六个空酒瓶,在脚趾旁

歪歪扭扭。

远处,地摊和蹲着的女人。

3

三个女孩在地下不停地嬉闹,疯了似的尘粒狂舞,
但大人们视而不见。

最小的那个女孩,喜欢穿上纸糊的白纱裙,
她模仿画报里的动作,准确,熟练。
她用玩具手枪顶着一颗小脑袋,
"砰"的一声,她干掉了老大。
黑黑污垢的指甲。

突然,她站在小板凳上大声宣布:
"我已是高贵的公主了!"

4

夜幕降临。
洗衣机滚筒转动,轰轰的水流声。
全是脏衣服。

或停,或穿越

在车里坐着不动,一路疾驰
两旁的栅栏倾斜,而水泥地在旋转
没人愿意把头伸出车窗
啃下大马路上葱饼一样的景观

浓黑的夜,总是城市的最爱
霓虹灯躲在灵魂一角
而不想睡觉的人
把生命当作一种筹码,掷骰子
只要音乐和酒水滑过
身体就被喉咙深度打开

一夜满斟吟唱,无论冬夏冷暖
在早高峰发动的那刻
你只能在红黄白三色斑马线中
穿越,停
停,穿越——

星期五的路口

一条宽大而又笔直的马路
冲下去,大约二十分钟
拐弯,无须交通指示牌
就可以进入羊肠小道
然后左右分岔
不得不停下来,向左还是向右?

左边,一个吹红气球的孩子
很卖力,腆着肚子,脸颊涨红
气球突然爆裂,"啪"的一声落地
他突然坏笑,露出满口黄牙
而右边,一家烤肉店烟雾熏天
总有人乐此不疲
等着被弄黑,或被洗白

站在岔路口,始终不敢向前
向左还是向右,已成为现实问题
问题是天已暗下后,月光破碎
有点反常

帮我拿定主意

再也看不到光滑的街面,以及
四周晃眼的招贴画和宣传橱窗
在地铁里,男男女女不停地翻动手机小屏
我看到了一个中年汉子
是个胖子,足有两百斤(我估计)
歪在椅子里呼噜睡大觉

一次次,我乘坐的地铁
总是在城市地下运行,速度均匀
不过,最失败的事情,就是误点
或错过了一次发财的机会

下一站就是天安门东
齐刷刷,我看到一群人挤到门口
他们个个手握小旗跳下车
这是南方小镇里的一批老年游客
一个老太婆竟跑丢了自己的绣花鞋
但她仍感激零涕:一生就这一次啊!

在前方,我将在他们的更前方下车
返回地面,前方永远是前方

回家,还是再干点别的
善良的人们,请求你
帮我拿定主意

什么东西能抓住我

最狭窄的那条马路也画下了一道道斑马线:
红、黄、白。

什么东西能抓住我

大雨泼来,路旁的黑铁窨井盖
全都向上冒泡。下水道一向忍辱负重
浊流、烟屁股、塑料袋、废纸条漂浮在表面
天空放晴后,它们
总想构成一种涂鸦艺术

看不清禁止、驻足和穿过的粗线条
生活和行动有时需要指南
什么东西能抓住我
这时,一阵雷声轰响在我的后脑勺
(城市能否经受住风雨雷电
运气是靠不住的)

什么东西能抓住我
把皮鞋脱了,光脚丫
蹚过这条饱含积水的灰色小街

还有三四间抹了墙灰的四合院
一个戴红袖章的退休老人
忽然从门缝里，探出了头

上班的人看都不看一眼

一个汉子,皮肤黑得像乌鸦
他坐在木扶手上,一只脚落地,另一只悬空晃荡
破板车正挡在上班的路中央
纹丝不动。长长的横板上
铺满了杏子、香蕉、樱桃、猕猴桃,还有一串串黑葡萄

上班的人,习惯捏着刚出锅的油条
或煎包子、葱花饼,外加两个酱色茶叶蛋
早餐总是用塑料袋兜着,一路快走
一个穿西装的小伙子在垃圾桶旁突然停下
他用塑料管猛吸纸杯里的热咖啡(也许是滚烫的豆浆)
扔掉纸杯后,一抬头
黑眼圈

破板车上的水果,多么新鲜!
上班的人看都不看一眼,他们表情严肃
一排人停下。绿灯一亮,哗啦,他们快速穿过
身后,又有一排人从地铁里钻出来
哗啦,露出了白花花的口罩

地铁一瞬间

地铁车厢里
终于有了空座位

坐下。对面也坐着
一个穿短裙的女郎
正埋头看手机
偶尔瞥她一眼
瞬间,目光相遇
她面无表情
两腿疾速收拢
又埋头看手机
仅仅一瞬间
无地自容啊

提前出站
赶紧,跳出车门

开心时刻

那个女孩朝我眯眼一笑
我微微心动
我正在楼下抽烟,手指夹着香烟
写字楼内到处张贴着"No Smoking"

那是穿过世贸天阶的女孩
就像每天所碰见的隔离带里
都盛开一朵朵的花瓣
不过,她们好像是同样的花瓣
就像这个女孩
她穿着一条布满网眼的短背心

在楼下,在深褐色表情的楼下
男男女女,一阵风似的
像是匆匆游客
不肯留下什么痕迹
现在,我只能偷偷地告诉你
这是北京的黄金地段,高大上
一排排外国使馆
隐秘在灰墙绿荫后
光鲜的银行和证券公司

开豪车的大腕明星
总是神出鬼没

掐灭烟火,返回工作间
透明的大玻璃门前
返照出另一种形象
哦？一个白了头的老男人
不过,下楼抽烟时
曾有一个小女孩朝他眯眼一笑

修理铺去哪了

小区门口那个修理铺不见了
修鞋,换拉链,补胎打气,如果
你的钥匙丢了,如果
不是中国的钥匙丢了

不知何时,每个家庭都用上了
铁皮包裹的防盗门,还有一孔猫眼
你有些疑惑:什么世道?

其实,门外就是楼道
楼道中会出现灰亮的电梯
按下电钮,根据一个红色的可靠数字
你就可以放心下楼了
出了小区,如果老天有眼
如果满大街上春光无限
城市早高峰,除了车流还有人头
(节日来临时
会有高高挂起的大红灯笼)

就在昨天,你的身体在拉链部位
出了点毛病。这使你想起

小区门口那个修理铺
现在,修理铺没了
一切都变得空荡

空——荡——

砌墙和联想

过来吧,把砖抛上去,
一个粗壮的泥瓦匠
站在脚手架上,弯腰,左手接砖,
右手用雪亮的铲刀抹砖。
太阳半悬,麻雀叽喳。
直到晌午,一堵高墙砌成,
泥瓦匠插上碎玻璃。

赤橙黄绿青蓝紫
墙头上的尖玻璃光线混乱。
过来吧,摘下安全帽,
这个泥瓦工开始露出脸膛。
他脸小嘴大,口渴难耐。
水是粗粝的梗叶泡出的茶水
用老式搪瓷杯灌满,还有红字语录,
几块锈蚀的伤疤至今没补上。
汗衫都结成细亮的盐巴了,
他抖抖灰尘,一咧嘴,
原来,没有门牙。

一堵高大而刺人的墙,

终于在春天里砌好,
墙内将会出现什么东西
泥瓦工突然好奇打听,
有桌椅、沙发、电水壶吗?
有会议、文件、话筒、各路大咖吗?
工头总是神色诡秘,守口如瓶。

高墙深院外,
游人们总在花丛中取景拍照,
背对着墙。

装潢和出走

房子装潢好了
暂时不能居住
一些难以忍受的东西,劈头盖脑
油漆和胶水散发的气味
电器和家具出现了摆设问题
茶几上那一盆塑料花
有没有爱恨情仇
所有这些
似乎还得走完这个冬天

冬天过后
你就外出了
到很远很远的地方
一个叫不出名字的地方
房子的气味已经散尽
尽管那盆塑料花,依然
全天候地绚烂

(有了房子
你就想起了另一个地方
什么地方?

不知道
难道远方还有
一处没装潢的空房子?）

整整一年,或者几年
又是一个冬天
雪地上只留下一道
蓝鸟的弧线

送外卖的年轻人在闯关

这个城市太干净了
干净得让你羞愧不安
来自农村的你,土坯屋里可以随地吐痰
扔烟头,撒米粒,让小鸡啄食
尽管屋外是一片青翠竹林
鸟雀们合声鸣唱
而在这个城市,每天围绕你的
却是高楼和马路
出门前,你必须擦鞋
你要用一双干净的鞋踏响这个城市

别弄脏这座城市,一路飞奔
远处,霓虹灯飘出橙红色的雾团
时间就是杀手。今天你决定换下正装
戴着厚重的头盔
踩响柴油电动车,穿行大街小巷
送鸭翅,送热咖啡,送盖浇饭
还有九十九朵玫瑰

正值中午,阳光毒辣
背影暂停在红灯前

锁定这幢CBD吧
这就是你的饭碗，五块钱一单
而写字楼里全是白领
外加几个满脸络腮胡子的老外

别弄脏这座城市，大学毕业后
这是你找到的第二份工作，骑车跑外卖
学历和文凭有时候就是一堆狗屎
第一份工作干的是电脑编程
跟他们一样
每天都埋头在格子间，手握鼠标
清除啊清除，然后编码

是啊！城市里漂亮的垃圾车很繁忙
一堆堆五颜六色的东西
垃圾必须分类！这个城市太干净了
公园里，老人们穿上盛装
不停地跳舞摇摆

时光凝固。
当你待在路口孤单一人时
为什么你会痛
从地铁站冒出的人群
他们正在雨中疾走，跟你一样
狠咬一口滚烫的煎饼馃子充饥
仅仅为了赶路

这不是辛酸的故事
这只是城市一角：
大桶方便面和榨菜
还有一瓶矿泉水
不经意时，它们散发出田野的味道
于是，你常常梦到牛粪和猪草
打谷场上孤单的稻粒
别乱扔垃圾，别弄脏这座城市
当明星招贴画就在出租屋里晃动时
你打开电脑
开始猛追不舍
在闯关游戏中不停地厮杀和轰炸

太干净了。在游戏里
你似乎忘记了什么，不知不觉中
你扮演了其中的一个角色：
英雄、富豪或狗熊
请照顾好这座城市
干净的城市。现在
天已大亮
闯关游戏结束了

关于高档小区的垃圾问题

在小区,垃圾总是源源不断
塑料兜、手提袋、牛皮纸箱,还有
一堆白泡沫。他发现

一个老太婆
正卷起袖子,不停地掏着
掏着掏着,橘红色的夹袄散开了
忽然,回头朝他咧嘴一笑
顺手,他把自己的垃圾
丢进另一只桶里

"拾垃圾,换钱?"
她又朝他咧嘴,似乎有些不好意思
这可是高档小区啊,他想
高档小区应该住着高档的人
高档小区应该没有捡垃圾的人
高档小区应该都是出手阔绰的人

(转身,开车,他驶向大门
不锈钢大门。
戴红袖标的保安按下电钮,大门敞开

洒水车正在街边缓缓滚动）

后来，他听说
小区里有很多老人
差不多都是外省人
一些人在乡下住了大半辈子
大老远来到北京
为了照看自己的儿孙
他们不是来享清福的
只是有些孤单和抱怨
儿孙们总把吃剩下的
一大包过期的奶酪、蛋黄派当作垃圾
胡乱丢弃

满大街怎么都穿着破衣服

一个长头发的男子从我的身旁走过
我看到两只裤腿有破洞
粗黑的汗毛飘出洞外

我想抽烟,却口袋空空
钻进城市拐角一家烟酒超市
一个女孩跟我擦肩而过
刚转身,两瓣屁股也有破洞
只是丰腴得有点晃眼
赶紧出门,我点起了一根烟

吐出一个烟圈
有些无聊,我开始打量四周
身旁匆匆走过的路人
被我看到了,看得真切!
满大街都是破洞
胳膊上有破洞
膝盖上有破洞
胸口中也有破洞

又吐了一个烟圈

满大街依然是破洞
或开了个大口子
想起了自己的童年
那个年代,我穿着缝补过的破衣服
因为破,而被伙伴们欺辱
忘不了啊,一生都忘不了

二月意象

正是二月。风吹在脸上
不冷了。你抬起头
一片云,松开橙色的发丝
这意味着什么?

用锻打的铁镐刨开冻土
昆虫们一片惊叫
它们蜷曲着,探出半个身子
混乱的石子和泥土出现缝隙
外面,世界
拱出来了!
春天用手指和线条勾勒出
一个柔软的轮廓

二月。在城市和郊外之间的
二月。高速公路和柏油路交接处
树干们整齐排列
它们都想动一下
并发出自己的声响

上下班

星期一
他去上班。
九点。
他走过秀水街广场
空空荡荡。
没有大客车。
没有老外
更没有元首夫人
以及战利品般大小的包裹。
玻璃转门前
有两个烟头。
一片秋叶。

直到星期五
他依然去上班。
他每天上班。
必须上班。
九点。
他开门。
坐下。
泡杯茶。

他呷了一口。
咳嗽。
他打开电脑。
他还是发了一批邮件。
发完，伸个懒腰
就到了午饭时刻。
午饭后
他盯着电脑
又发了一批邮件。
当他增添合同附件时
夕阳西下。
关门。
坐电梯。
下班。
哦？今天是周末。
他还得路过秀水街广场
似乎更加空空荡荡。
有一个小坑。
坑里，积水汪汪。

晚上吃点什么？
想想，生活很麻烦
回家？
麻烦也得吃饭
他发了一条微信
群里立马人声鼎沸：
饭局，饭局！

城市地摊

我每天必经之路
灰砖围墙下的角落
总有一个固定地摊

一块卷起的粗糙的帆布
麻绳松动,顺手铺开。一大早
一堆发卡、金耳坠、银手镯、陶木梳,以及
绿宝石手环、蝴蝶胸针,哗啦啦
哗啦啦倾倒的
还有俄罗斯迷你折叠镜

厚重的帆布旁
这是个不起眼的汉子
他埋头啃咬葱油煎饼,就着白开水
还有些驼背
说起话来,含混不清
不过,只要有女人朝他走来
眼神会瞬间放光

一个女人朝他走来了
"是的,没有女人

我怎么活呀?"
嘟嘟哝哝,依然含混不清
突然,他捋了捋袖口
神色有些黯淡
直到我想搭讪,才知道
走过来的这个女人
是他的老伴

太光滑的瓷砖

你对瓷砖似乎有特殊偏好
滑溜,反光,虚无

城市塞得太满
车流,横幅,站牌,前台和后台
绿色的分类垃圾
皮鞋下,瓷砖之上
玻璃窗射出的一束束欲望
你来回走动
从上午九点走到下午五点
站直,挺立,哈腰

有一天,瓷砖打滑
让你摔了一个跟头
姿势很不雅观
清洁工赶紧跑来,面有愧色
而你,抬起头:
抱歉,抱歉

周末,众口难调

周末,该说些什么

别说了,撮一顿最好
北京烤鸭,或者烤全羊,外加凉拌粉条
红烧茄子拌黄瓜一碗炸酱面
喝热饮、玉米汁、西瓜汁、苹果汁或红枣汁
千万别碰白酒
当心醉驾

代驾嘛,他说
喝,就要喝个够,你说
一醉方休吗?她说
周末,你知道什么叫周末?他说
周末。你说
明天是周六。后天是周日。她说
大后天是周一,工作日。我说

灰头土脸的人

一大早,在北京秀水街
我碰见了一个灰头土脸的人
他把烟头扔进了垃圾箱

穿过马路
只为了
一块烧饼。
店铺狭小
刚出锅,热乎乎
他狠狠地咬了一口

啃烧饼的模样可亲可爱
洒满阳光的生活全都是幸运
但,他是灰头土脸的人
地铁站就在栅栏边
好像叫什么"门"
京城繁华地段
不停伸出的人头像日出
喷涌向上。

向上,CBD

向前，自动转门
不过，他仍是灰头土脸的人
他在秀水街等了一夜
不知等什么

如此朋友

周五。一位朋友请了
他的七八个朋友,也邀我赴宴
这是周末的傍晚,霓虹灯闪烁

人齐了。坐下,菜单,上菜,碰杯,吹牛
喝好吃完,酒瓶空空,萌生醉态,灯光贼亮
餐桌上,大家都成了好朋友
扫码,加微,勾肩搭背,抱作一团
你好我好,哥儿俩好

半个月后。除了请吃的这位朋友
该死,我怎么把那些朋友全忘了
包括男女、职业、口音,面孔更是模糊一片

昨天,我又去赴宴
竟在北京烤鸭店大干一场
微信里又增加了十几个朋友

画家和小院

也许,悲伤莫过于在月光下
计算自己影子的长短

雏菊开在墙头那边
有一座院落,一串串玉米棒和红辣椒
把整个屋顶围得雨水不漏
这是一个自由人买下的小院,没有产权
便宜,使你开始胆战心惊

又要通高铁了,一个测量队员穿着黄马褂
扛着望远镜和标尺,眯着眼
耳朵上还夹着香烟,在院外走来走去
白石灰已写下大大的"拆"字

条条大路通北京
但你总是缩在院子里
整天点缀唐诗宋韵
泼墨写意,宣纸上的残碑断简
总是开口说话

站在蓝天之下,泥巴之上

悲伤莫过于所谓艺术都能卖上好价钱
而真正的艺术，使你仅剩下一条短裤
偶尔，待在瓦檐下，你闷头喝酒
一包椒盐花生米竟能打发整个春天

回不去的故乡

青草回不去了
系着红飘带的唢呐回不去了
杂树里蹦跳的蚱蜢也回不去了
炊烟、谷米、泥鳅、小鸡啄食
水塘边捣衣的白嫩嫩小媳妇
回不去了——
都用上煤气灶了,蓝莹莹的火苗
自来水漫过破败的老井
洗衣机里的滚筒
滚着空巢老汉的小调
故乡,回不去了

城市很好。不过
有时也很肥胖
高血脂、高血糖、脂肪肝
就像你唠叨着梦着的故乡
如今还是故乡吗?

抽泣的音乐

背起琴盒上路
路,笔直。

结伴的人
跟我一起拉琴,放歌,寻开心
都是些往日的老歌
《三套车》《北京颂歌》《达坂城的姑娘》……
一遍遍,反复歌唱
偶尔,我跺脚,吼起崔健的摇滚
猛地伸出双手
我喊:一无所有,你这就跟我走

走哪儿?全身大汗。
岁月干枯。渴了
就灌上一口自备的茶水
转身,一个穿背心的老男人
在树下低声抽泣

星期一

在公交站黑色电子牌下
等车的人都在翻动手机
只有一个老太太拿着黄布袋
气定神闲,准备坐车去菜场

天气晴好,却没好鸟。对面
一个送外卖的小伙子满头大汗
半小时,必须完成一单
否则白干还倒贴
小伙子用标志性红背心使劲擦汗
他巴望着小区黑铁栅栏的小门
急得直跺脚

一条绿颜色的壁虎在墙缝间蠕动
苔藓阴湿,仿佛幻象
这时,你明白:
星期一,又是一个添堵的早高峰

十八天以后

十八天以后
我在梦中惊出一身冷汗

那时,走在狭窄的小道
一辆车突然倒行
一溜烟尾气扑面而来
扼住了我的喉咙和诗句
我看到路边所有的地摊让道
一筐筐苹果滚落,红柿子被踩烂
散落一地啊!
可怜的摊主

这是一辆招牌车
车倒行,路上的人跟着倒行
还不停地欢呼、叫好
我一声不吭,闷头抽烟
想用吐出的烟圈反抗尾气
之后,车逆驶了
反向鸣笛开道,急速奔驰
小轿车、面包车、卡车,甚至出租车
一辆辆,也躲着转弯或打转

十八天以后
我终于寻找有地摊的路边观察
那是我梦醒后的一个决定
在这条道上,有没有倒行逆驶的车?

关门大吉

去菜市场,有点远
走过去,不坐车
路旁总有两排树,绿荫成行
清凉是五月天
而树的背后是楼
楼的背后是什么?护城河
柏油路上,车流稀少
一辆白色宝马车突然停下
让人不知所措
哦,原来给我让路,礼让

几千米?这段路程我没计算过
走过的路不能精确
脆弱的头颅就像鸡蛋
永远撞不过石头
可是,菜市场关门了
锈蚀的链锁,重重地垂下
门口有一位老者
秃顶,满脸皱褶
老人拄着一根拐杖
看门的?

老人指了指天，又戳戳地
歪嘴：告诉你吧
关门大吉，关门大吉

临摹

1

夜晚,街灯打到脸上
整张大花脸。在路口
你总是目中无人,手指
把琴弦揉出一朵开瓣的花

2

退休老人们在聚拢
他们在树荫下卖力合唱
并保持年轻时的站姿和气息

为了感动头顶上的树叶,唱着唱着
就唱起了《在那遥远的地方》
眼眶湿润

3

一个吹口琴的老人
腰上别着黑匣子似的扩音器

按钮绿光点点

他说：随身携带的音乐
就像死去而幸福的爱人

4

夏天的街头，来回走动的就是
一幅画：

手推车里有吃奶的婴儿
铁栅栏旁，有个拄拐杖的老太婆弯下身子
用脚狠踩一只黑蚂蚁

现在什么都不知道

现在什么都不知道

真实的情况是
一扇大门的背后
有七根赭红色的廊柱
它们矗立起来，精致复杂

门口这对石狮子
总是凛然不动
说明书上写道：
革命前是这对石狮子
革命后还是这对石狮子
现在，正睡觉

游人们喜欢在街上拍照
背对完好无损的这对石狮子
我试图摸它们一把
左手摸一只，右手摸一只
调换姿势后
右手摸一只，左手再摸一只
就这样，反反复复

（摸啊摸
没有毛发，也摸不到屁股
反反复复）

摸着摸着，我也做梦了
现在，我真的什么都不知道了

城市零余人

闭上眼,不想了

还能想什么?
城市已套上一件厚厚的羽绒服
马路旁,有打桩抡大锤的建筑工地
想什么呢?一不小心
袖口被锈蚀而尖锐的钢筋划破
一朵破绽。白色的羽毛飞了,只有两片
毛茸茸的,飞在凛冽的空中

把蓝帽子扣紧
口罩已蒙面,不想了
进入地下,等待下一段轰响的路程
从地铁口露头后,紧跟人群,随大流
一直走到黄昏,走到黑

闭眼,包括闭嘴
什么都不想
你这个城市的零余人
零余人只能等着雨点
吻你的脸,吻你的饥渴

低头,撸撸袖子
把羽绒服上的破绽隐藏起来
时间已被针线缝合
这时,你开始想了
想象家乡的白鸭子黑鸭子
它们成群结队,正在清澈的河水中
游来游去

向下看

又是一场暴雪。放晴后
阳光和日子已不存在任何关联
住在高楼上,不停地向下张望

北京已下了七场雪
这是十年未曾有过的奇观
那年,有人在雪地上撒点儿野
唱道:"给我点刺激,大夫老爷
给我点儿爱,护士姐姐
快让我哭,快让我笑……"

住在高楼
放下身段
楼下就有人了
楼下的人看得真切
扯一块白布,捂紧嘴巴

大栅栏的读法

新年第一天,就是
2022 年元旦这一天
临近正午,北京大栅栏
在一抹暖阳中,变得温和

东来顺、稻香村、砂锅居、便宜坊、爆肚冯、烤肉
　宛、小肠陈……
对了,还有满世界都来慕名品尝的全聚德
那些老字号,在古色古香的名字上
镶金嵌粉,吞没烟尘
它们被吞没在冬天的呼吸里

(吱嘎吱嘎,谁在此刻踩响了黑色的沥青路
寻找一个名叫四季民福的烤鸭店
网上已提前预订,却让我们等着
等待一张空桌子?)

现在,已看不见外面的阳光
(正午的光线是否凶猛扎人?)
也已看不见内部的阳光
三楼大厅,闲着无聊,来回转悠

我发现烧木柴的大壁炉
由灰色砖块砌成，布有几个方形洞口
红红的炭火，喷吐不止，飞溅尘沫
壁炉外，挂满了去了毛的赤裸的鸭子
哦，鸭子们再也飞不起来了，飞不起来了
它们被身穿白大褂的厨子，一个个
用冰冷的铁钎勾进炉膛

（从西南边，直驱长安街
那是朋友开车捎上我，来到这里
大栅栏，早已安放在北京的中轴线上
北面是天安门，是故宫
故宫背后，是景山，景山有一棵树
一棵末代皇帝吊死的树）

新年第一天，我来了
来得如此突然
仅仅为了一只黄澄澄的鸭子？
鸭子被烤，会冒油，会被切割
就像这里的大栅栏
古代皇家为了防盗防贼
切割地盘，派兵把守
才有"大栅栏"这个名字
才有如今一个大名鼎鼎的美食街

（大栅栏，怎么拼读？

da shan lan

da zha lan

da shi lanr

还是 da shi la？）

新年的第一天
饱餐一顿油腻的烤鸭后
谁能告诉我它的读法？

重阳

今日重阳。雨,虽然停了
风很大。我要外出,想看个究竟
必须穿上秋衣秋裤,假装以老人的身姿
抵挡这个骤然刮风的季节

又是重阳。如果把六十或六十五岁以上称作老人
我还没老,像一片返青的树叶
在一帮老树皮的裂缝中滋养着,活下来

今日重阳。又是重阳。
战地黄花早已枯萎,香气已断。

今天,北京有九至十级大风

已提前预告
今天北京有九至十级大风

上路前,窗外
摇晃的枝叶还未遭遇这样级别的风
除了枯叶,一些亮绿的叶子也落下来了

那么,穿上风衣
先系紧脖子,这样就卡住了喉咙
嘘!别发声

推开门,用手轻轻操纵驾驶挡
我开始正式进入快车道
这不是一个普通的日子,寒露滴落
如果大风真的刮起来
如果隔离带里的花草东倒西歪
如果悬着的广告牌和横幅轰然坍塌

车窗紧闭。今天
北京有九至十级大风
我始终没有开口

城市的三种角度

马路光滑的皮肤内
深嵌橡胶皮包裹的线路和管道
地铁总在地下深处轰响

而城市的宽度
宽到天上的云朵和塑料垃圾袋混搭
办公楼里暗藏杀机的文件袋
KTV 里歪歪扭扭的啤酒瓶
瞬间发亮。它们构成同一张面孔

行人车流,彩旗飘飘
两旁的隔离带,小花嫩草
城市的高度不在于楼层、座位或名签
紧闭的深宅大院
一棵老槐树常年飘着毛毛虫

日

常

观

照

从乡村来的歌手

那些想做梦的歌手
他们离开家乡来到大都市
高铁紧闭的钢窗
飞过一大片还未金黄的稻田
他们行囊空空,一文不名
他们想用谷粒、炊烟和 freestyle 的声音
打动城里的有钱人

换了发型的这些歌手
有的披头散发
有的光着脑袋
还有剃了阴阳头的
他们用尖叫般的唢呐和咚咚作响的架子鼓
让夜晚去寻找一张安放身体的床

一年四季,光阴轮转
那些用喉咙养活自己的歌手
已经没有了家乡
在大都市里
一些人来了,一些人又走了
一些人穷困潦倒,一些人一夜暴富

最惨不忍睹的是
那个吹唢呐的歌手赶场子,却死于车祸
当天,就成了娱乐版头条
还上了热搜

如果手指出现问题

有些东西,不用十根手指
就能数得过来,很容易清点

墙角,黑色的蝙蝠没穿隐身衣
在人类看不见的地方
未被命名的事物将深藏不露
城市上空的云或一粒鸟粪
你无法把它们收留
对了,还有那只飞翔的白鸽
掠过宽松而平和的广场后
它又回到熟悉的窝巢或起点

十根手指,如果出现残缺问题
那也无妨。忘记空房子里的这架钢琴
忘记黑白键盘,就像
忘记人世间一段忧伤的旋律
现在,手指已无法继续弹奏
在黄昏来临前
站起来,清理一下被烟熏黑的嗓子
用纯净水或一杯绿茶润喉
只要来到舞台中央
夜晚就有戏,就有看头

在家里还好吗

在家里还好吗?
翻微信,下网棋
观看电视上外国元首的手势或表情
你想运动,免了晚餐
结果还是长了肚皮
皮尺一量,哈,刚好隆起了两英寸

下楼,不乘电梯,上楼爬台阶
九九八十一个水泥台阶
直到气喘吁吁
在家里还好吗?
偶尔在小区走动
你不知道自己想干什么
但你干得最漂亮的就是东张西望

有一天,一个穿短裙的女郎
那条拴狗链的哈士奇进入视线
垂头,止步
哈士奇竟在光天化日之下
对着一朵野花猛撒尿
狗主人女郎止步,开口大笑:
"淹死你,淹死你,野花!"

情况就是这样

我去看望朋友
多年不见了
他住在一个偏僻的地方
光线昏暗,有些逼仄
暴露黄铜的电线就缠绕在窗口
外面,什么也看不见
我发现墙皮脱落,茶水也凉了
坐定,我说
该花点时间,修补粉刷了
让房间亮堂点
他看我一眼,沉默不语
然后起身,插上电源
烧一壶水,重新泡茶
情况就是这样

(曾经大富大贵过,我的朋友
那些年,他很风光
二十多年没见面
不知怎的,他栽了
情况就是这样)

今天上午,我来看望他
就是看望,因为我们是朋友
记得,在他最得意的时候
风风光光地要宴请我,叙叙旧
那时,我只说了一句"很忙"便打发了
情况就是这样

如今我们已年过半百
白发一根根漫过头顶
我问"身体还好吗"
他终于回一句"你身体怎样"

情况就是这样

前生今世

1

想想前生今世
作孽的人和被迫害的艺术已经和解

只有一首诗还没写完
它已找不到敌人

2

邻居们换了一茬又一茬
想想前生今世

如今,只剩下数目字的金属门牌号

3

想想前生今世
从前的家,除了饭桌、板凳、米缸和床
还有四本马列四卷毛选,几册鲁迅单行本

如今,被物质的白色电器和一排排高高的书架包围
孤魂,来回飘荡
席梦思床也变得多余

4

腌咸鱼和猪腿子
能从冬天延续到春暖花开

如今,喝上一碗稀饭
嚼几片咸菜、几根萝卜干
特别珍贵

我的前生今世啊!

数学的味道

他散发出数学的味道
相信数字和命运的媾和

绝不是巧合!
他掐指数来,开始运算
生活中或明或暗的那部分
2,从窗帘里露出一对伴侣的脸
那是年轻人潮红的面孔,憋了太久
可怜可怜吧,没病也不能外出
6,一路走来,骄傲而狂妄的脚步
包括撒满一地的石头都给他让路
6 伸长了细细的脖子
白胖胖的身子减肥了
而 8、9、10 呢?

(最绚烂的东西,活不长
而最圆满的事物,死得快
吐一口浊气,他狠狠地说
把 10 删掉,永远删掉)

删掉之后,该是出门的日子

换双鞋,这双42码的鞋
塞不进45码的大脚
45,45,他不停地大喊:鞋在哪儿?

身上总是散发出
一股数学的味道,他已飘起
天上,有一朵云

父亲节随感

一个不合格的父亲
总想逃避这个节日
他会不会躲在暗角
点一根香烟
让自己心安理得
或者摊开手掌
抹掉这个节日

对儿子来说
不合格的父亲就是拳头加棍棒
而对女儿呢
也许少了一个吻
欠了一次拥抱

叫醒那些装睡的父亲
如果叫不醒呢?
其实,他知道你在叫
可他就是装睡,装死
赖床不起

在台上做加法

旋转的舞台,一场盛大的晚会
逼迫每个人都试穿戏装,轮番上场

开幕了!甩水袖的,抽出一朵云
泡沫四溅。他闭上眼,啊爱情
那个小丫头,一双三寸金莲
精致得让身段摇摆,性感十足
她一会儿给大人垫脚,一会儿又给主子捶背
还哼着樱桃小曲
吹唢呐的,是个黑脸大汉
一把金色的唢呐,翻卷长长的红飘带
吹呀吹,他吹出了浑身的青筋爆裂
一次次粗壮,一遍遍血染风采
吹呀吹——突然,艳阳高照
咣当咣当,咚咚锵,咚咚锵,敲锣打鼓的出场了
一跺脚,震天响:
"斗,斗,斗!杀,杀,杀!"……

之后——
头戴冕旒的人终于缓缓走到台前,脚穿锃亮的皮靴
追光灯打在他的脸上,光滑如绸

看一眼台下，又瞪了瞪天花板
这时，台下的人突然嚷嚷：
"二百加五十，等于多少？"
他笑了笑，伟岸地挥挥手，底气十足：
"二百五！"

清风明月

从城里跑到郊外
第一个念头,买下清风明月

起初,他大踏步行走
乐此不疲。在茂密的竹林里
在溪流中,在有泥土的地方
赤脚搅动,只是
下雨的时候,有点冷,有些拧巴
但他看到圈栏里那些黑毛猪
它们滚来滚去地快活
他也就快活起来了

后来,越来越寂寞
在明月下,他开始不停地喝酒
烂醉如泥。偶尔吟诗作赋
清风,解开了他的五粒纽扣
虫鸣和狗尾巴草
爬上了他的胸口

旧病复发

去医院的路上
一段不长不短的路
刚下过雪,一半白,一半湿
几只麻雀低头觅食
似乎有点饥不择食
骑车、打车还是步行?

行走最健康。一天一万步
带着计步器,精算卡路里
走了大半生,你什么都不怕
不怕黑,不怕黑洗白
更不怕红透了又变黑
可你还是有点怕,怕有病

医院长廊总是很素洁
有一排排椅子、热水箱和厕所
从这个男医生监狱般的表情里
让你认领病和命的定数

终于离开了医院
可刚一抬脚,不知为何
你旧病复发

抱怨

有些人一辈子都在抱怨
几只黄蟑螂在锅台上蠕动
他说,冬天在窗外
家里嗞嗞作响的暖气
就是罪恶的铁证

小区工作人员打来电话
询问有关蟑螂爬行问题
他却大声吼道:
请你们转告供暖公司
别再烧煤了,生活不需要热度
然后一声叹息,又开始抱怨

望着纸糊的墙壁,暗淡的拐角
大骂暖气片太多
招惹了过夜的猖獗的蟑螂
有些人一辈子都在抱怨
待在家里,嫌房子太小
跑到外面,诅咒世界太大

有些人，小区里这个退休干部
包括在写字楼做财务报表的那个白领
也是这样不停地抱怨

那些消逝的温柔的忧伤

那些消逝的温柔的忧伤
今晚,再也没有风吹乱你的纽扣
那是一粒粒银亮的纽扣
连同被吹乱的月色

那些消逝的温柔的忧伤
纸上行走的一生,真的改变了方向?
哦不,你看到的是
阳台对面是阳台,阳台背后还是阳台
一扇刚熄灯的窗

星空无言,彼岸无边
那些消逝的温柔的忧伤
深入清香的花房,让水洗净身子
在春天最高光的时刻,如今
谁又心慌意乱,一声咣当?

我想读到上帝的句子

我想读到上帝的句子
没给

太忙？或者
懒得看一眼人间的破事

在人间，事情太多
比如物业费、保险、入托上学、流浪猫的问题
还有房价、股票、石油涨跌大势
甚至坦克军舰飞机大炮
导弹发出的嚎叫

很忙呵
在路上，在水里，在空中，在内心
在人间，偶尔忙里偷闲
我还是想读到上帝的句子

唯一的夜晚

已经走了很远。草色枯萎
风铃的绳索也断了,它躺在
老槐树下。蚂蚁围拢,土地开裂
沙石翻滚的白天,谁在城市里奔忙
大口喘息。来不及回头
大风就掀开了你的外套

唯一的夜晚
为什么思想轰响,而身体有罪?
那么,亲爱的,给我一片月光
我还你一条大河
然后我们躺下,用传统的树根插入月亮河
放上糖,再加点盐
亲爱的,那将是多么清澈的夜晚
生命中唯一的夜晚

牌局

抓了一手臭牌
唯一的可能
偷跑

望着对家
对家才是真正的敌人
敌人很淡定
撇嘴扬眉
一出手
甩出了一排轰响的王炸

打雷了
嘀嗒噼啪
外面还真的下雨了
雨,从大到小
回家,还是偷跑
或输个精屌光?
抽出一支烟
你点了起来
手,抖得厉害

大家一致认为

有雷电
大家一致认为
出门必须带伞

带上雨伞
大家一致认为
如果风大
当心伞被吹折

如果折了
那就赶紧跑到瓦檐下
大家一致认为
千万别待在大树下
雷公不长眼

大家一致认为
乌云与太阳
东方和西方
好与坏
在于老天
伞是否有用

全在于运气

听话才能一致
步调才能整齐
大家一致认为
一致才能胜天
即使打雷下雨
天,已不重要
伞,更不重要

在端午吃了两个粽子

香喷喷的粽子
你扯开绳线
与屈原捆绑了千年的粽子
一个绝代诗人
悲伤的人
竟成了吃的节日

伟大的传统
一遍遍演练着并通过验证
寒食节,清明节
米酒、糕点、纸钱,还有
香烛,以及批发来的新鲜水果
中秋节的蛋黄月饼,葡萄美酒
年年有鱼(余)的春节,大碗饺子
十五的元宵,滚烫而煽情

今天是端午节,很热闹
但北京晴转阴,有点冷清
我吃了两个粽子
一个是红枣的
一个是肉馅的
刚好吃饱

十二月的早晨

早餐很简单
一只煮鸡蛋,几片油煎馒头
还有稀饭,六块咸萝卜

啊,我已经很满足了
满足得常常犯傻
弹琴,练歌,写分行的叫做诗的玩意儿
日子就像这顿早餐,被准点打发
今天,我要去工作
工作就是斗争

出门。公交站口。
我跟等待等车的上班族一样
动作如下:
偶尔缩头哈气,跺跺脚

这是十二月的一个早晨
天麻麻亮

地球为何暖洋洋

一颗棋子,两颗棋子
无数颗棋子和一方棋盘
砰砰作响

相比寒冬,温度更让世界打了个哆嗦
叶子刚一落下
地球就开始暖洋洋

必须修改条约
就像修改枝条上的一股热风
雪山上的水路
海岸线的高度
必须用唇枪舌剑占据舞台

都来吧,立定,颔首,坐下
把公文包摊放在
宽大而又光滑的椭圆桌前
热度上升
词语烧得滚开
楼外却是愤怒的人民
他们挥动拳头,砸向空气

而屋内,领袖们系好领带
板起面孔
必须在三天三夜之后
把删改得一塌糊涂的
文字交给空气

这是宣言吗?
这是最美和声吗?
世界稀里哗啦
阿尔卑斯山的冰雪悄悄融化

不许动

不许动
手枪,顶在巴哥犬大脑壳上
耷拉的耳朵,犬尿了一地
浑身颤抖

不许动
推开房门
用枪,对准一对狗男女
白床单。两只枕头。
皱巴巴
这是一张有印痕的床

用枪,瞄准阳光
准备点射
不许动!哗地打开窗子
麻雀纷纷倒下

不许动!手枪握在手心
一片潮湿
下雨了吗?
天色迷离。原来——
这是儿子的玩具手枪!

配眼镜

天凉之后
没人告诉你该不该
泡几片人参

或者

索性穿上冬装
暖裤加毛衣
管它三七二十一
九九八十一
什么乱穿衣
与群众捣蛋

群众的眼睛是雪亮的
昨天，你恰好配了一副"雪亮"眼镜
当时，医生很得意
绕了一圈，仔细端详
临别前，"啪"的一声
他猛拍你的肩，下手很重
终于 1.5 啦
这个世界不在话下

清楚了！真切了！

是的，清楚真切了
只是隔了一层
薄薄的玻璃片
鼻梁歪了

怀念大个子朋友

我时常怀念一个人
在午睡后,在黄昏,在夜深人静的
寂寞时刻。大个子朋友
他不在了

十五年前,大个子朋友
他,瘦瘦的,一米九几
就像我每天回家时路过的电线杆
在风中站立,在大雨里飘洒
这样描绘他,似乎有些俗套
我是矮人呵!
我该用更超级美好的大词赞美他
可是,他不在了

现在,我坐在电视机前
除了翻一翻清脆的书页
或者,看一部冗长而搞笑的电视剧
偶尔伸伸懒腰,想来想去
似乎已想不出往日那些精彩的片断
我们去过什么地方
最喜爱的餐馆生意兴隆吗

在北影大院,我们曾讨论剧本
演绎故事,然后找导演,找男女一号
下定决心,拍一部漂亮的长剧
最哥儿们的,冬天的夜晚有点饿
我们竟打车找地摊,吃烧烤,喝啤酒
接着聊,天花乱坠
但我们从未聊过活着是怎么回事
死后又将如何
今天,我活过来了,就坐在木椅子上
坐了整整一个上午

关上电视
谁在乎我?该吃午饭了,该拍戏了
大个子朋友呢?
十五年前,他就不在了

2020年8月

寂寞的女人

夏天刚到
一个女人就换上裙子
一阵风穿透内衣
窗前的树也晃了起来

密密的树叶掩饰着后面的公寓
公寓里的男人已外出
女人在家掷骰子
先为捆绑猜谜
后为自由猜谜
最终为爱情猜谜
一直猜到没有谜底的夜晚降临

夏天刚到
楼下便吵吵闹闹
小合唱和大妈舞已开场
公寓里的这个女人似乎有些伤感
她合上杂志
开始不停地更换频道
男人们不是开会
就是谈生意，喝大酒

夏天刚到
换上裙子的女人
就是公寓里独自猜谜的女人

辞典垫在猫屁股下

这只喜欢打探窗外的猫
坐在一本书上
我时常翻看的书——
《中国历代咏物诗辞典》
辞典里有关春天的诗歌
现在,被垫在它的屁股下

这是我豢养的家猫
一只母猫,被结扎了
不能再叫春了
显然,春天对它已失去意义
想着想着,不经意
它在阳台上突然转身
盯着我,目不转睛

该不该放它一马
让它出去
在明媚的春光中
哪怕打个哈欠

老了的感觉

他似乎老了。停在中午的椅子上
打鼾歪头,头还是有点痛

牙齿不错,有福了
清晨,他大口喝完一杯酸奶
又嚼了几片油煎饼,后来
他抽出一把躺椅,走到窗台
开始等着太阳出来

整整坐了一个上午,心情平和
回忆已成了他每天必修的功课
曾经的贪恋和沉迷
曾经的表演和舞台
阳光出来了

停在椅子上。整整一个上午
现在,没人敲门
哪怕是陌生人
或者,一生的敌人

他仍然停在椅子上
直到中午悄然入睡

根部

在诗歌中,我们
总爱描绘鸟的飞翔。鸟的意象。鸟的嗓子。鸟的妙音。

其实,已没有什么鸟了。

但,马路两旁有树。树下
细长细长的喷水管
把水抛洒四方,向天空不断抛洒
早起的园丁,穿着黄马褂
干活很卖力。他是驼背
他干咳了一声,拧开阀
用工业的方式开始喂养大片草坡
就像草坡用传统的方式喂养大片羊群

累了,行走的人就想靠在树下歇脚
树的根部象征着什么?

过诚实的生活

烧一壶水,泡茶最好
喝一口凉白开,也不错

有米面、蔬菜、鱼肉、河蟹,或酒
身体就有指望了。现在
食物们已在干净的台布上被安排妥当
日子就这样一天天地过
偶尔有冲动的瞬间,就有烦恼的片刻
但所有的日子都叫做生活

下决心过诚实的生活
这样,就可以脱下厚重的外套
从舌尖上出发,再深入内心
终究是一种淡淡而悠长的味道

手机丢了

如今已不写信
人人都不在乎地址

没有地址,即使写信
也不能盖戳

我的手机丢了
显然是一件普普通通的事

但有一个秘密的约定
想在某年某月某日某个时刻发给你

换上一部新的
那些曾经热乎的数字和约定却已消失
包括各种被规定的表情

手机丢了
我已找不到你
找不到你们啦!

有关春天的表述

春天一直想表达什么
刚解开两颗纽扣
那些善意的
包括不怀好意的目光
就扑面而来

山村的早晨
一阵风吹过院落
嫩绿的芽苞忍痛
分娩出一片树叶
或整个大森林

城里人的早晨
劲头足,东奔西走
走过一座天桥
就进入了地下通道
这时,有两个哨兵站岗
似乎与春天无关

胃口

昨天,你的胃口不好
胃,没毛病
清早,你在窗前看到
邻家的院落
一只麻雀正被一个孩子捉弄
一声惨叫

活还是让你死
天上人间的事情全在于胃口?
很多麻雀曾在你的纱窗前
探头叽喳,还贪吃过虫子
你曾看得很仔细
似乎跟胃口无关

今天,你的胃口仍然不好
切成的肉丝一直不敢下锅

停下来想想

有时候，我们不得不停下来
提兜去附近的菜市场
有鱼有肉有虾，还有蔬果
一摊新鲜的鸡蛋
身体是诚实的，不骗你

停下来，并不意味着无所事事
这也是一种活法
活法没有对错
停下来后，先想想亲人
再想想遇到困难的朋友
想想世上挨饿的穷人

当写下的文字像狼一样
啃光最后一根病死的骨头时
也想想自己
想想停下来后你落脚的地方

怕黑

过得好吗?
你笑了笑,还好
只是一个人走路
有点怕黑

煤已短缺
有关方面称
为了留给光鲜的地方
街灯不再照耀

煤是黑的,贼亮
烧起来发热发光
路不能全黑,你说

怕黑的你
突然想到了郊外
那里山连山
茂密的青竹林里
有一只流浪狗

天气预报

春天刚来,换下厚厚的冬装
就打开电视
我看到一个女播音员表情严肃
一板一眼,预报今夜有雪

今夜有雪。有大雪
明天也有,后天还会有
五十毫米的雪

有雪,大雪
温度才是真理
寒冷也是真理
而真理无数
等到大雪过后
穿上薄薄的羽绒服
我是否要把春天和热度的隐喻
像那个女播音员一样向世界预告
是否还要调整一下严肃的表情
面带笑容

雪的心情

一觉醒来,最先看到的
是窗外的雪,厚而白
仅用了一个夜晚
雪就躺平在小区里的车身上
不声不响

覆盖,有时候就是埋葬
我写不出更多抒情的诗句
表达关于对天气的看法
表达在春天里下雪
如此凶狠地下大雪
它意味着什么?

下雪就是下雪
无论大雪小雪
也许并不代表什么
只是,窗外
白茫茫一片

假日写真

终于放晴了

之前,七天的假日
雨水占据了整个道路
待在屋里
已没心情去远方
也没有心情采撷野花
想象一枚番石榴吧,它滚在草坡上
还有兴致跪下吗
比如,在寺庙里抽所谓的上上签
叩头烧香
就像你登顶木质古塔时
一排人字的大雁早已失踪

天空是注定了的天空
雨水无情。在家
闭门读书,下网棋
偶尔发几条微信问候朋友

在北国,你终于沏一杯白茶
绿茸茸的南方白茶
再奏一曲《下雨的时候》

为了挥一挥手

我在车站等过很多人
他们来到北京
不是来开会
也不是跑业务
他们是我的亲人或发小儿
旅游北京

游过之后,晚上
他们拖着疲惫的身子
我用香喷喷的精品烤鸭款待他们
用63度的二锅头醺醉他们

是的,他们远道而来
该醉上一回
住在没有窗户的地下旅馆
泡便宜的大桶方便面
好不容易攒点钱来到北京
我不能亏待他们
不能忘了系上鞋带
我当然知道,不为了别的
他们就是想站在天安门城楼上
凭栏俯瞰,向广场挥一挥手

就在昨天

就在昨天,看上去很喧闹的城市
彩旗和尾气都在飘
大排档里的羊肉串和按摩店互不干扰
霓虹灯亮起,全都挂在树梢上

偶尔抬头,看一眼车流
就在昨天,城市是讲理的地方
总是早九晚五
不过,你已学会辨识路旁的垃圾箱
它们将如何分类,如何运送
又如何填埋或焚烧

在大楼前台递上自己的简历
就在昨天,那是用塑料皮蒙上的
一张薄薄的纸,站在门口
所有门向你打开后,又关上

也许,唯有昨天
想起了家乡的红树林
你在树下构思
那扇诗歌之门呢?

就在昨天,你终于干活了
粉刷一扇油漆剥落的门
挣了一百块钱

群众说

你有一副嘴脸
阴恶的嘴脸
这是群众说的

群众说,那年
你顺了一个信封
偷偷写情书
用公家的牛皮大信封
写的却是一摞小资情调

群众还说你睡得晚
用旧报纸把窗户裹得严实
偷听敌台？
为什么不读"两报一刊"

后来,群众拍着胸脯大声说：
真正的英雄是群众
（这是五十年前的故事
真实,并非遥远……）

（注："两报一刊"当年特指《人民日报》《解放军报》和《红旗》杂志）

婚姻生活素描

1

骨头最松软的日子
是庞大婚礼队伍的那一天
车队。纸花。红气球。还有
一堆没名没姓的伴郎伴娘

环绕城市,竟跑了两圈
一辆加长车领队
二十九辆豪车紧随其后
一袭白纱裙撑开
你终于喊出一声:
啊,人生

2

送走所有的客人
你的目光开始发绿
靠在床头
用唾沫反复清点

礼金,或者叫份子
(也有床上用品)
每个大口吃菜的人都很快乐
而光棍怨妇们喝起了闷酒

3

箭镞发出去
一切都软了下来

软下来的,还有
对生活的整体看法

4

床头,描满口红的日记
压在枕下:

"青春就是无数颗莫名的痘痘
而婚姻就是有灰尘的镜子。"

5

生下儿子后,你
就过上了妇女生活

有一天,实在累得无处可逃
你翻开仅有的一册老照片
那是散发十年霉味的老照片

你照见自己了吗?

一枚灿亮的硬币滚向婴儿床
儿子粉嫩的小手
把它猛地塞进嘴里
两脚乱蹦乱跳

6

爱情,时常跑冒滴漏

一个人
一个女人
发呆的时候
往事就是一串皮筋
它拴在一棵小松树的脖子上

7

墙皮剥落了爱情
卧室该修补粉刷了

安眠

一捆大白菜砸在头上
运输卡车冒出一溜黑烟,发动了
除了这辆车,整座城都在沉默

似乎谁都有心事
倾诉已成了另一种心事
大街中央,突然
一只疯狂的皮鞋敲响
声音空虚。空虚得
让人失声痛哭

屋里的沙发已更换方向
深陷往日的体温和笑容里
现在,它正面对着门
门被关死,不说话
门,是厚厚的金属防盗门
一串钥匙悬插锁眼,晃荡

整座城都在安眠
谁都不敢吃下安眠药
送花人面目憔悴

他等待着
当破旧的羽绒服
绽开一朵奇怪的鸭毛时
为了爱情,送花人苦闷地蹲下
狠狠地吐了一个烟圈

整座城都在安眠
一首无处放置的《安魂曲》
在眼里下雨
不停地下着小雨

在苹果园里

死过一次,才知道活着的苹果
它坠落时的快乐

泥地爬满了新鲜的蚁虫
仍有方向感。死过一次
才知道那么多的果树为何饱含药水

在波浪般起伏的果园里
采摘的女人们
轻轻放下篮子,低头
一个腐烂的苹果
曾被孩子啃过

飞不出去

身体飞不出去
麻雀也在阳台上叹息
唉,用扫帚清除灰尘。客厅中
几粒食物残渣开始舞蹈
阳光斜射。身体

确实飞不出去
音乐已被一段旋律卡死

有一些念头
在天花板上来回盘旋
还有一些想法
环绕手指。没剪指甲
污垢就深陷其中

身体飞不出去了
有人在忧伤中朗诵赞歌
有人在泪水里流淌蜜汁

七种状态

对于植物,你**略知**它疯长的地带和季节
枫叶,长在十月的山坡上
月光和流水如何形成诗意
你似乎并不留意

你还**关注**过在植物里生存的动物
母牛吃草,挤出的全是奶
名人名言,总想维持着我们的高尚生活

还会**喜欢**什么呢?
一场细柔的雨和一盘棋
达成某种默契
在输和赢之间谈判妥协

进入喜爱,下意识转身
从一排书架上
抽出一本读破的书
真实的生命,需要重复阅读
然后就变成了一场虚构

其实,你更**热爱**纸上的东西

它薄而透彻
散落的声响,从不逗留
只有深喉,才能发出痛快的叫喊

从热爱抵达**酷爱**
一张没有终点的车票就够了
而从酷爱深陷**痴迷**
从痴迷直通**信仰**
你将面对荒野,痛哭流涕

锅

铁锅、砂锅、瓷锅、高压锅,甚至
还有大锅炉。从颜色上分别
黑的、灰的、红的,或者
黑与灰,红与黑

都是锅
炒的、煮的、炖的、煎的,还有炼的
比如把矿石炼成钢铁般意志坚强的大熔炉

锅能背吗?也许
锅能砸吗?或许
锅能甩吗?可能

背锅、砸锅
直至甩锅
锅还是锅

锁定

想去许多地方
桃花源、九寨沟或者布达拉宫
还想去金融大道和华尔街
看看究竟谁在操盘世界
让穷人饿死富人跳楼
我还想去激流岛上
一个童话诗人曾在那里杀人
如今有没有血和心跳?

现在,我什么地方也去不了
我的腿脚很好
但行程码已锁定

我还锁定了诗歌
至于家,很简单
只锁定一张床
一个或两个枕头
灯拉黑后
一只猫,总是守候着
用尾巴骚扰我

怎么记不住他的名字

在皇冠大酒店
碰见了一个面熟的中年男人
看上去黑了点,也胖了些
他手持菜单,正在点菜
有很考究的鲍鱼、香煎牛排、美式大龙虾
还有法国地窖葡萄酒

擦肩而过
跟我一样
他也望了我一眼
点头,微笑
若有所思

在我的饭圈里
见得最多的
是些名流或官员
现在,只能用排除法
这个面熟的男人
名流?官员?
该死的记忆
怎么记不住他的名字?

与陌生面孔和解

与陌生脸孔交谈
放开点,别那么小心翼翼
举杯时,哪怕用茶水替代烈酒
最多说一声:抱歉
然后面对天花板上猛扑过来的灯光
哥儿们,干!

拉开距离的真实和美总是有些虚幻
就像看到台上那些板起脸孔的声音
我想笑,却笑不出
名签和白瓷杯构成大特写,纹丝不动
真累!还是宅在家里好
充电后,泡一壶功夫茶
再把茶叶冲洗三遍
窝在沙发里,去胡思乱想
想着不同场合,想着那些相同的陌生灵魂
想着想着,就跟他们和解了
无冤无仇,我与人间无冤无仇啊!

晚秋之歌

你去唱歌
路上碰见了花色品种各异的狗
一堆被主人拴着的狗

你只是去唱歌
呼吸一下新鲜空气
狗就大声叫唤
对狗,你没意见
对狗的主人却有自己的看法
这是晚秋
蝉鸣的节气

枯枝伸展,越伸越远
你愿意看一眼落叶挣扎的经过
你只是去唱歌
压紧嗓子
唱晚秋最后一首男低音

面对老琴

墙边的这把老琴
常被你抚摸，摆弄，奏响
有几道裂缝的陈旧面板
已说不出当年的主人

总有一些梦幻
纠缠这四根琴弦
从粗到细，尖叫的声音
最容易瞬间绷断

琴，还是这把琴
一个世纪过去了
人，一茬茬不停更换
如今绷紧的新弦
它们统称为"金美人"

哦，金美人，谁张开手指
在你金属的肉身中
上下滑动

（注：金美人，指小提琴高档琴弦）

我住在北京这个地方

红莲南路,我住的地方
从另一个地方搬过来的
与这条小街平行的对面,是著名的茶叶城
在北京,它叫马连道,如果你想喝茶
它温馨而滚烫的名字
也许能让你坐下来,休息片刻
然后手握玻璃杯或紫砂壶
或饮,或啜,或抿,你就不想说话了

我住的地方,每到傍晚
都能看见一些老人或年轻女郎遛狗
夕阳下的风景不过如此
什么狗都有,这些狗都深爱着它的主人
它们常常舔主人的脚,像是舔着夕阳的骨头
舔完了,就跑到墙角,痛快地撒一泡尿

这条小街,叫红莲南路。旁边
还有一条护城河,经常有小船来回清淤
来回打捞瓶盖、杂质、水草和狗屎
我住在这里快八年了
我看到过的难道就是这些?!

八年又是个什么概念？
用天，用小时，用秒来掐指计算
还是用人的一生来丈量，回看？

是的，我住在这里快八年了
只有偶尔碰见几个面熟的退休老人（？）
点点头，算是 OK 了

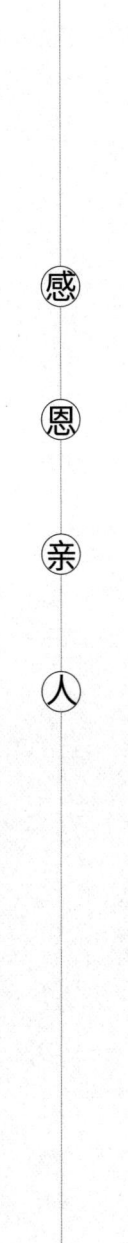

感恩亲人

父亲祭
——写在清明节之际

十二年前,有一个叫汶川的地方
地动山摇,废墟伸出哭喊
你整天守在电视前,目不转睛
那时你已满八十,却泪流不止
有一天,阳光很好
你把所有的光线都紧紧搂住
该出门了!在那个悲哀的春天
你大步流星,踏入城区广场。看一眼
玻璃橱窗定格的时装,仅仅一眼
转身,就来到红色捐款箱前
掏出一条皱巴巴的蓝色手绢
里面全是百元大钞:
"这是一个老革命的心愿,收下吧!"

父亲,我说的那年,就是2008年
一个悲欣交集的年份。这一年我在北京
我没写诗。但我奔走在天安门广场中央
我曾打电话告诉你
我要用指尖触摸鲜花盛开的气息
还有那铺天盖地的欢歌。我要触摸北京
触摸奥运,触摸那场世界盛宴

而你,父亲,在远方的家乡,你说:
"一辈子,我等了一辈子!"
听说,后来你捋起袖口,低头抽泣

起风了。风,四处散去
当狂欢的节日归于平静,没多久
你就病倒了。就像
土地亲吻落叶,衰老迎接衰竭
晚秋的夕阳,脆弱而晦暗
可是,在儿子的记忆中
父亲,你从来都是矮矮的,胖墩墩的
稀疏眉毛下的两眼,常常眯成一道缝
你总是乐呵呵,乐呵呵的父亲!
当我得知你病倒,坐上
驶向南方的绿皮火车,我直奔医院
一眼望见你,仿佛风干的化石
父亲,我怎么认不出你了?

时间的命数。季节开始大面积转换
由绿返枯。水已漫涢。就在那年
10月的钟声刚敲响,你就走了
走得那么干脆,干净,
又那么平淡而又奇特:10月1日!
外面,月光碎片般纷纷跌落
那是黎明前至暗时刻

鸟已归巢。黑的夜
用一条白的床单把你裹紧
站在一旁，父亲，我看见了
一张清癯的面容开出一树莲花
静默的眼神不断闪电，星空正在轰鸣
滑落的泪水，轻轻地
轻轻地，我抹去了你的眼，你厚厚的唇
合上吧，轻轻地，就这样你顺从地合上了
合上了。一刹那
你真的永远合上了！
合上了一生一世的平淡，一生一世的风雨
没有声响，没有动静，更没有凄凉
在这个寂寞而又蝉鸣的秋天
父亲，你合上了最后的肉体，真实的灵魂

这么多年过去了，太多的记忆已无法还原
就像我无法还原你行走在世界中短小的背影
不会忘记，在饭桌上，至今我仍然记得
1949 年前，像是如今时兴的桥段
你说，你曾是老槐树下的放牛娃
每天早晨，踏着青草
怀揣一块饼，你说那是你母亲
也是我奶奶给烙的热饼
你说，那就是你的童年
你还说，做梦都想吃白米饭
于是，拿起枪，闹革命

你一路冲杀。后来
日子好起来了，你不再踏青
不再怀揣烙饼，不再饥饿
也不再拿枪冲杀。你说
多好啊，一日三餐，新社会的日子多好啊！
就这样，你成了国家干部，四个口袋
两杆威风凛凛的自来水笔，别在胸前
直到最后你离休，开始另一种生活
——现在，唉！有些人啊——
你开始沉默了
窗台上，几只麻雀正在觅食……

一辈子都刻骨铭心
记得，一辈子你只扇过我一记耳光
不知为了什么。可是
不一会儿，你就紧紧搂着我
伸出粗糙的手掌覆盖我的脸，轻声唤我：
"痛吗？我的心，我的肝，我的心肝！"
（父亲，一辈子你都这样
唤我是你的心，你的肝，你的心肝
即使我成年后离乡，漂在北京）

如今，我也渐渐老去
就像当年老去的你
十二年了。仿佛大多数普通的父亲
你普通，你普普通通地走进

那长满青草的山包,从此安顿下来
我知道,飞鸟就在山包上
山包上最滚热的是太阳
十二年,等了十二年
今天我终于写下这首诗
不为了什么,就是为了再次埋葬
多年后,我也会跟你一样
一样跟随你,普普通通地进入
那长满青草的山包。在阳光照耀下
多年以后,父亲
也许你就不像现在这样寂寞了
那时儿子已来到你身旁,陪你
在地下陪你到永远

      2020年3月16日草
      2022年10月改

酒和曲子
——谨以此诗献给父亲

准确点,再准确点
我的小提琴已换上金美人新弦
这是高档琴弦。从 A 弦到 G 弦
从细腻到粗犷,深沉
到渐渐消失的泛音
谱架就立在鲜花怒放的阳台上
前奏响起,在弦与弓的反复摩擦中
一种遥远的声音传来

父亲扛过枪,打过仗
我瘦弱的手掰不过他有力的腕
但我能够演奏一首《义勇军进行曲》
同样有力。我知道,他喜欢这样的琴声
忧患,勇敢,血性。就这样
他挺起肥胖而苍老的身子
在房间里迈脚,正步走

每代人都有自己的活法
把所有的活法都倒入时光的酒杯
所有举起的酒杯都为自己庆祝胜利
——哦,不,父亲已走了

2008 年 10 月 1 日的凌晨
没有风暴，一个没有痛苦的夜晚

光阴已无法追讨
如今，我跪在小小的山包前，洒下酒水
演奏一首他最喜爱的曲子：
《义勇军进行曲》

母亲

其实,你是一个暴脾气的母亲
午饭是我们这个大家庭说话最多的场合
这个大家庭有四个儿子,还有
儿子的儿子,儿子的女儿
这一桌饭菜,都是你一手操持
从早晨开始,直到晌午

开饭了。我们边吃边聊
聊国际风云,聊时事政治,聊家长里短
偶尔唠叨着大鱼大肉
诉说着对油水和盐的不满,甚至
把怨气一口口喷向餐桌
更多的时候,你一声不吭
偶尔你一恼火
啪地甩下碗——不吃了!
这时,你转身去了厨房
趴在灶台上伤心抽泣

一大家人,每天必不可少就是吃
这是最最重要的头等大事
在那个需要粮本和布票的年代

我们是工人阶级
怎能去攀比电影中那些少爷和小姐们的生活
你常常这样说
说着说着，眼泪就流出来了

这么多年过去了
似乎一切都已遥远
但有一点是真的
你是我心中最操心的母亲
也是大慈大悲的女人
你舍不得吃，舍不得穿
却把省下的布料和猪蹄
送给住在棚户区里的穷人
手提竹篮，你总是
用一张旧报纸
把对尘世的悲悯和不公悄悄覆盖

如今，坟茔已长出杂草
该清扫了。十年一梦
我低头或抬头，一路走去
在光线和阴影的交错里
忽然，我梦见了自己
梦见了自己出生时
那一声滴血的啼哭……

       2020年4月5日

最亲的两个人

回到故乡,甚至来不及
卸下笨重的拉杆箱
你就跑进那个阴冷的房间
墙上悬挂着两张并列的头像
不是彩照,黑白带框
他们正向你微笑

多好的一对
是呀,多么好的亲人
可这一切却让你痛
想哭又哭不出
曾经,两个大人
怎么如此暴躁,不由分说
摔碗,跺脚,扭胳膊
为了多煮一个鸡蛋,相互责骂
你站在一旁,不知所措
不知所措啊,那时你还小
夜晚又如此漫长
熄灭十五瓦昏黄的灯泡
守在黑暗中,你听见
厨房里母亲那幽怨的哭泣

多么好的一对呀

现在，却被死死钉在了墙上

你匆忙回来，正值清明时节

尽管只有三天的假期

明天你仍要带上鸡蛋、糕点和纸钱

爬上山包，看看那里的风水

背面有没有更高的山

前面有没有更清的水

曾经呵护过你的最亲的两个人

如今已活在两个世界：

墙上和山下

在北京西南角烧纸

一卷粗糙的、黄黄的草纸。

在繁星点点的夜晚,
我在水泥马路旁,似蹲似跪。

折一根树枝,开始点火。
我把烧焦的草纸铺在地上,有风。
这是北京的西南一方,
你们却在皖南的山包一角。

把所有纸钱都捎上,
让风轻轻吹走。
今晚你们最富有!

去吧,购买好吃的、耐穿的,
购买全世界最昂贵的糕点和衣裳,
就在此刻,去吧!
过上你们在尘世中
从未配享的美滋滋的生活。

哦,父母,你们曾经太累太苦!

舅舅和姨妈

你想去南方,看望两个老人:一个是舅舅,一个是姨妈。他们早已退休在家。

舅舅已过七十。一提起北京,
他说,他曾来过北京,那个疯狂的年代啊!
坐闷罐绿皮火车,睡大通铺,包裹严实的军大衣,不要钱,免费吃喝。

姨妈视力很弱。颤颤巍巍,手起皱,还有点点褐斑。
她总是反复摸你的脸,才能辨认你,呼你的小名。
八十多岁的老人,不缺养老金,儿孙也很孝顺,但还有不顺心的事,唉!
偶尔,她呆坐在阳台的破藤椅上,抹泪……

当你还是孩子时,姨妈起早贪黑捏着月票挤公交,
这是一家几十人的小厂,做计件。
她把皱巴巴的手帕摊开,省下的零钱:一角,五分,二分,一分
去吧,买一屉小笼汤包,趁热吃,长身体。
这时,天麻麻亮,冰凌结成了窗花,街角路灯暗淡,有人开始捡垃圾。

当然记得，那时舅舅年轻，帅气，那个年代的一米
　　七八，还喜欢画画，吹拉弹唱。
后来你也喜欢上了。后来
他给你寄来两支画笔，一盒油画颜料，还有一刀宣纸，
在三个世界组成的小小寰球上，放开胆子画吧，画中
　　国人民，画亚非拉，画帝国主义。

画，
你画下了无数张想象的——天安门，十根赭红的廊
　　柱，八盏灯笼，还有人在挥手，
那时候，你还小，不在北京，北京就是圣坛！
舅舅说，长大后，到北京去画天安门，画华表，画升
　　旗，画蓝天和威武的卫兵。

如今，在北京待了多年，你住在一个叫莲花晴园的地
　　方，你早已不画画了。
莲花，多么洁净的名字，可你并不高洁，你总想着亲
　　近大地，别灰头土脸！
想着春天到来，想着南方的大地布满绿色的鸟鸣时，
去看望年迈的舅舅和姨妈，他们能走动吗？他们幸福
　　吗？他们还喊我的小名吗？
如今春天真的来了，你却动弹不得；
窗户已换上新玻璃，把印花的旧纱窗给扯了吧。

写给女儿的生日（朗诵诗）

十八周岁过后，
就可以从我宽厚的手心里飞走。
我说过你要像鸟一样飞翔，
但不要像依人的小鸟，
这样的鸟只能在金丝笼子里给人逗笑。

要飞，就在暴风雨最无情的日子里，
哪怕羽毛脱落，翅膀折断，
哪怕在最痛的时刻，
把痛留给自己。
学会把痛埋藏，冶炼，提纯，
化为一弯清澈的溪流。

女儿，人世间时常莫名其妙，
你要学会把眼眸里的沙子
用泪水洗掉。
看清大地上的植物、动物、人和灵魂！
独立，不自闭，
自由，不任性。
钱很重要，
赚钱，不是为了挥霍和炫耀。

像一片红枫,在漫长的生命中
学会在最肃杀的秋天闪耀。

从我的手心,你已飞走。
就这样,把我走过的路忽略,甚至忘掉。
理想,疯狂,迷茫,来来回回地折腾,
我们这一代人不值得骄傲。
告诉你吧,有时我们真的不堪,
装模作样,精于算计,
见风使舵,欺上瞒下,
甚至还干过落井下石的勾当。
是的,我们的喉咙铺满过鲜花,
也覆盖过烟尘和污垢。

女儿,生日只是一个符号。
生生死死,自自然然,
生活,也许就是健康地活着。
对了,这个世界,
有善良的男人,也有混蛋的男人。
美貌是靠不住的,
青春更不能讨价还价。
坚守自己,用体温和深情,
用百灵鸟一样的歌声,
永远向生命问好。

2022 年 2 月 27 日

后记

我一直以为，诗写完了，也就完了，对写作者来说，就像进行一次行为艺术，它只是一种瞬间在场，偶尔遭遇，然后消弥退场。

这本集子所选的，是我2020至2022年近三年所写的大部分诗作，现选了240多首，分六辑做了编排。因密度过大，除了具有特殊意义的几首注上写作时间，其余不再标明。

作为上世纪八十年代"诗歌青年"，当年痴迷写诗，也发表了一些，但自从九十年代中期进入传媒界以后，就停止了诗歌写作。临近不惑之年，才暗下决心，在40岁时终于写成了一部长篇小说，并顺利出版。因为自己曾经耽恋过文学写作，当时我把这一写作"行为"，当作最后的清算、退场和了结。

幽冥旋转。也许生命就是一种轮回，有一种无法抗拒的内心驱动，总是牵引你，缠绕你，撕裂你，把你拉扯到原点，回到初心。

2020年3月之后，我居家的日子多了。居家期间，除了读书、下网络围棋、拉小提琴、练歌、与家猫逗乐，就是吃喝拉撒睡。然而，当这一切完了，我还有时间，而且时间多得让我内心发毛。我想，我应该再干些什么？

站在阳台上，推开窗，外面春光明媚，不知怎的，我却感到一种无聊，一种无奈，一种阴郁，一种悲哀，一种虚空：生命如此脆弱，又如此荒谬，在奔走的路上，在你不经意中，常常变得不堪一击。

我不能不想到生死问题，想到活着的意义——这种被称作为形而上永远的哲学命题。其实，人活着的本身没有意义，如果说有意义，人活着的最大意义恰恰就在于寻找意义、创造意义和构建意义。我开始有了冲动，有了激荡，有了叫喊。这样，我首先想到了诗歌写作，于是，回到了原点和初心。此后三年，我在电脑上在手机里写下了一行又一行所谓的诗句。

风轻云淡，草木枯荣。已过了知天命的年齿，说实话，曾经的功利心早已稀薄。如今我从未想过为了发表而作诗（当然，能发表更爽），而且写诗决不是为了附庸风雅，玩弄修辞，刻意装扮。打开自己，掏出内心，在填满具象而喧嚣的尘世里，在变幻风云悲欣交集的世界中，应该让诗句穿透血液，敲击骨髓，获得暂时的抚慰和解放。

于是，每每写毕，几乎不加修饰，我立刻发到微信朋友圈，想不到竟得到一些朋友的点赞，甚至手动叫好，当然，也有指谬切磋。如是，短短三年，攒下了350多首诗，着实让我诧异！现在看来，这是我写作生涯中最"井喷"最"疯狂"的三年。

如今要编成诗选，回首翻检，突然脸红耳热。我知道，诗歌写作需要通过语言敞开自我，揭示属于自己的感触、感受、感情，以及境遇和哲思。而且，真正的诗歌写作同时需要一种高超的"技艺"，不是一种滥情矫情。冷静下来，我感到最初的诗歌文本不仅粗陋，大都过于宣泄直露，失之于蕴藉内敛。于是，我对诗选里大部分诗作进行了修改，有的原本三四十行，经大刀阔斧的删削，最终仅剩下七八行。诗艺艰难，这是我此次编诗选时最纠结之处。

出诗集难，这已成为诗坛众所皆知的现实。这本诗选之所以能够出版，得力于梁鸿鹰兄的倾情推荐。鸿鹰兄是著名文学评论家、《文艺报》总编辑。其实，我跟他认识时间不长，见面接触，更是屈指可数，但他的艺术眼光，他的为人行事让我感佩。他谦和、低调、幽默，富有才情。尤其是，他奖掖后进，为诗选写下热情洋溢的序言，让我感动。人生得一知己，足矣，得一兄长，幸甚！还有，他推荐后，作家出版社有限公司董事长路英勇、总编辑张亚丽立刻拍板，并指定资深编辑担任责编，很快进入编辑流程。两位著名出版人对我的眷顾，让我感激不尽！在编辑过程中，责编田小爽女士的专业精神，给我留下深刻印象，特此致谢。

作为资深新闻人，中视金桥国际传媒集团有限公司董事局主席陈新兄多年来，与我暖心交流，思想碰撞，尤其是在寸土寸金的北京世贸天阶，给我慷慨提供优美的办公环境；还有，资深电视人、北京托普达文化传媒集团董事长兼总经理张子贤兄与我有同乡之谊，他一直友情支持，一并表示感谢！

有感而发，诗为心声。诗艺无止境。如果还能够继续写下去，我想，我应该把"旧我"打翻，重新起步，在诗歌写作中不断探寻最隐秘的语言深处，攀援最敞亮的生命高度。

是为后记。

江耀进
2023 年 3 月 22 日
于北京金桥天阶大厦

图书在版编目（CIP）数据

在人间总比天上好／江耀进著．－－北京：作家出版社，2023.6

ISBN 978－7－5212－2311－8

Ⅰ.①在… Ⅱ.①江… Ⅲ.①诗集－中国－当代 Ⅳ.①I227

中国国家版本馆CIP数据核字（2023）第083710号

在人间总比天上好

作　　者：	江耀进
责任编辑：	田小爽
封面设计：	郭子仪
出版发行：	作家出版社有限公司
社　　址：	北京农展馆南里10号　　邮　编：100125
电话传真：	86－10－65067186（发行中心及邮购部）
	86－10－65004079（总编室）

E－mail: zuojia@zuojia.net.cn

http://www.zuojiachubanshe.com

印　　刷：	三河市紫恒印装有限公司
成品尺寸：	135×210
字　　数：	60千
印　　张：	11.5
版　　次：	2023年6月第1版
印　　次：	2023年6月第1次印刷
ISBN	978－7－5212－2311－8
定　　价：	68.00元

作家版图书，版权所有，侵权必究。
作家版图书，印装错误可随时退换。